O poste de vapor

O poste de vapor

Ferenc Molnár

TRADUÇÃO
Paulo Schiller

POSFÁCIO
Samuel Titan Jr.

COSACNAIFY

Não é sem interesse, vez por outra, examinar como desperta na lembrança um personagem esquecido há muito tempo que, nessa hora, traz consigo todo o período da nossa vida em que desempenhou um papel. Quando esse período de súbito se ilumina, a figura apagada também assume contornos mais nítidos, ganha corpo, adquire relevo e, por fim, como o bebê da mãe, destaca-se do tempo e da paisagem que a abrigavam, como uma estátua com vida própria. Depois, não nos dá trégua por muito tempo. Não nos deixa em paz.

O poste de vapor... Foi assim que essa história emergiu das profundezas. Em outubro de 1925, eu estava em Berlim. Meu caminho me levava com freqüência à pequena ponte Cornelius, pela qual os automóveis corriam numa fila interminável entre a Berlim antiga e a nova. O tráfego ali era bem intenso, pois muitas ruas acorriam pelas duas margens na direção da pequena ponte, tornando necessária a manutenção da ordem entre os carros. Por conta disso, construiu-se na extremidade da ponte, entre as pistas, um guarda de mentira, feito de madeira e vidro. Era um poste da altura e da largura de um homem, pintado exatamente na cor do uniforme verde-acinzentado dos guardas de trânsito de Berlim. A base do poste era coberta de tinta preta brilhante até a altura do cano de uma bota. O topo era encimado por uma espécie de capacete, também pintado de esmalte brilhante, que imitava com perfeição o barrete negro e lustroso dos guardas. Sob esse barrete do poste-guarda, no lugar da cabeça, havia um globo de vidro e, nele, um grande olho de ciclope. Irradiando uma luz ameaçadora, o holofote automático, construído nos moldes dos faróis, um assim chamado *Blinklicht*, piscava a noite inteira, incansável, torturando a madrugada com seus feixes penetrantes. Não sei se era de propósito ou por acaso que esse farol luminoso estava fantasiado de guarda. O fato é que era assim, e muitos passantes faziam comentários zombeteiros sobre ele. Um dos meus conhecidos do lugar dizia com muita convicção que ele representava uma idéia genuinamente berlinense.

Depois de andar por outras paragens durante alguns meses, retornei a Berlim em fevereiro de 1926. Vinha a pé, na direção do meu hotel, com um diretor de teatro americano. Quando chegamos à ponte, eu lhe disse:

– Vou mostrar uma coisa divertida.

E procurei o guarda de madeira com seu grande olho devotado. Não estava lá. Levaram-no, demoliram-no, aparentemente não dera certo. No lugar dele, no meio do acesso dos carros à ponte, brilhava, como uma bóia incandescente, o globo de ferro que se via em muitos cruzamentos de Berlim. Um olho em brasa, amarelo-rubro, colérico, rente ao chão, no meio do asfalto, que os automóveis tinham de contornar com respeito. Comecei a falar dessas coisas com o americano, dessas bóias luminosas de terra firme que lembravam cestos de pão caídos, virados para baixo, em que reluzia noite e dia uma luz agressiva, selvagem, de cor infernal. O americano disse:

– São como as portas gradeadas das estufas de calefação. Quando as vejo brilhar em fila, ao longe, de noite, no asfalto negro, imagino que aquecem o inferno.

Depois veio a idéia de que por essas válvulas de escape, nas noites misteriosas, irrompia o fogo, a fumaça, a lava do solo fervente que revolvia derretido nas profundezas, sob os pés dos passantes desconhecidos, para assim aliviar as febres subterrâneas da metrópole ardente. Nisso me ocorreu o que Jean Giraudoux escrevera sobre o solo de Berlim num de seus livros. Uma mistura aflitiva de amor e ódio se derramava de todas as páginas que esse escritor francês inquieto e inquietante escrevera sobre Berlim. Sobre o solo de Berlim, por exemplo, escrevera com terror, ou melhor, com ódio. Não gostava daquela argamassa. Veio à minha mente a frase em que ele dizia que no solo de Berlim nem ser enterrado era bom, pois ele não era permeável à água, e isso o fazia desagradável para os mortos. De modo que falamos de Jean Giraudoux. Eu acrescentei: o que mais me tocou foi o capítulo de um outro livro dele, chamado *Oração sobre a Torre Eiffel*. Num primeiro de maio, ele subiu ao alto da torre Eiffel, dali contemplou Paris e relatou seus pensamentos. Essas poucas páginas eram uma verdadeira obra-prima. Delas também me ocorreu uma frase que dizia: "que confiança teve nas leis das massas o engenheiro que construiu esta torre de ferro!".

A partir daí, as associações se seguiram velozes umas às outras. Contei ao americano que eu sempre pensava na torre Eiffel com emoção especial, pois meu pai fora o clínico do engenheiro em Budapeste.

– Em Budapeste? – espantou-se o americano.

– Sim, em Budapeste.

E contei-lhe que Eiffel, que muito antes de erigir a torre fora construtor de estruturas de ferro célebre em toda a Europa, criara duas obras de grande porte em Budapeste: a ponte Margarida e um dos nossos mais belos edifícios, a estação Ocidental. Na ocasião, morou com a família em Budapeste e, sem que eu saiba por quê, meu pai teve a felicidade de ser seu clínico. Segundo a minha lembrança – expliquei ao americano –, a ponte que cruza o Danúbio junto à extremidade sul da ilha Margarida num de seus trechos mais largos possuía meio quilômetro de comprimento, uma construção serena, atraente, de ferro, com tanto da personalidade do construtor que o observador cuidadoso poderia vê-la como uma torre Eiffel horizontal, atravessando o grande rio, com a vantagem de estar deitada, enquanto a outra tinha de ficar em pé. Contei que esse francês inteligente fizera a ponte de modo que um dia, de sua parte central, se pudesse estender um terceiro ramo para a bela ilha Margarida, que, para nós de Budapeste, era motivo de orgulho em escala mundial. Eiffel nos deixou o projeto, e muitos anos depois nós fizemos o terceiro ramo, que conduz do meio da ponte à ilha Margarida. Hoje, vista de um avião, a ponte parece uma letra Y atarracada, com uma perna curta que se apóia sobre a extremidade da ilha Margarida e dois braços longos que se estendem na direção de Buda e de Peste. Despertou em mim o patriota, e eu disse que a ilha tinha a forma de um navio de dois quilômetros de extensão, e que José, o Habsburgo, o imperador amigo dos húngaros, o filólogo, sessenta anos atrás mandara construir um parque encantado em torno das ruínas da basílica de Santa Margarida, à volta de toda a ilha; o plano do parque era elogiado até mesmo em trabalhos estrangeiros especializados em jardinagem clássica. Contei que na ilha havia hotéis e restaurantes porque ali emergiam fontes medicinais sulfurosas a uma temperatura de 45 graus, que abasteciam uma elegante queda d'água e centenas de cisternas de banho. Contei que passara férias na ilha ao longo de vinte anos e mencionei que a estada mais marcante acontecera quando, num inverno muito rigoroso e branco pela enorme quantidade de neve, a direção mantivera aberto o menor dos albergues e o designara como um balneário de águas curativas, a fim de instituir uma temporada invernal de banhos.

Naquele inverno, eu morara com outros dez hóspedes no pequeno hotel da ilha. E fora muito interessante ter estado ali como jovem jornalista, muito divertido, porque o pequeno grupo entusiasmado que se hospedara no prec ário hotel de dois andares era formado exclusivamente de pessoas singulares. Ali aconteceram as coisas mais variadas. Por exemplo, um dia, num domingo de manhã...

Então, quando chegamos a essa parte da conversa, de repente me veio à lembrança a imagem daquela manhã de domingo: o céu tinha cor de madrepérola. Ainda recordo que buscava o tom exato da cor a que se parecia o firmamento sem nuvens, mas também sem o brilho do sol. Tinha uma cor de opalina leitosa somente no lugar onde o sol, lutando por se alçar, brincava por trás do véu de opalina nobre, com suas cores de diamante, e dissolvia a neblina espessa que, aos poucos, apesar de tudo, não tinha como não ceder. Há muito observei que, aos domingos, o sol sempre nos persegue bem-intencionado. Talvez porque, na língua de trezentos milhões de pessoas, esse dia seja o seu dia.[1] Ou talvez porque nós já lhe ensinamos que é nesse dia que mais precisamos dele. Bem, naquela manhã de domingo o sol se debatia assim por trás dos véus cinza-claros, quando cheguei da cidade, entorpecido, depois de uma noite de diversão que havia durado até a manhã. Ao descer do trenó diante do pequeno hotel, vi, horrorizado, que da camada de neve espessa e virgem sobre o largo diante da entrada erguia-se um imenso poste de vapor, da largura de um homem, como se jorrasse na direção do céu. Era mais denso na parte de baixo, no topo rareava, e desaparecia mais acima nas alturas distantes. O poste de vapor não emergia da terra recoberta de neve, uma vez que se movia. Avançava bem depressa, afastando-se do hotel a caminho de um pequeno edifício mais

1. Em alemão e em inglês, o domingo (*Sonntag*, *Sunday*) deve o nome ao Sol (*Sonne*, *sun*). [N. E.]

distante em que havia uma farmácia e o escritório da direção. Pude acompanhá-lo com olhos arregalados porque, mesmo contornando o pequeno edifício, sua parte superior ainda era visível acima do telhado baixo; por fim, desapareceu. Fiquei parado na entrada e, feito uma criança, tive certeza de que vira uma maravilha da natureza.

Foi por essa via tortuosa que me ocorreu, em Berlim, a história do poste de vapor.

*

O poste de vapor não era uma maravilha da natureza. Pode soar um pouco afetado contar assim, sem nenhum rodeio, o que ele de fato era, mas não pretendo me enredar nessa esquisitice durante muito tempo. O poste de vapor era um capitão da cavalaria imperial. Um cavaleiro vivo que, naquela manhã de domingo, andava na neve e soltava fumaça. Dele emanava um vapor denso, consistente, branco. Desapareceu atrás do pequeno edifício porque ia visitar o farmacêutico que morava ali. Passados alguns minutos, descobri tudo acerca daquela maravilha da natureza que, uma vez explicada, transformou-se numa maravilha de verdade.

Ao entrar no hotel, a um canto do corredor do térreo, onde havia uma grande estufa branca, deparei com os restos de uma noitada de carteado combinada com uma bebedeira. O grupo já se desfazia. O médico afugentava os "doentes" que encontrara, às nove da manhã, discutindo embriagados junto à estufa. O médico, coitado, que havia alugado o pequeno albergue para o inverno em conjunto com a estação termal de águas geladas, estava desesperado, porque nos cinqüenta quartos morávamos apenas onze, e ele não conseguia levantar capital de giro suficiente para prosseguir com o negócio deficitário. Sobre a mesa encontrava-se a maior garrafa de aguardente que eu já vira na vida. Uma garrafa grande, verde-clara, de quinze litros, ostentando o rótulo TÖRKÖLY. Mais tarde, soube que fora trazida da margem de Buda num barco de ferro, por entre os bancos de gelo, de um empório de aguardentes em cujo balcão se enfileiravam essas garrafas grosseiras em vez de barris. No fundo, restava muito pouco *törköly*. Enquanto eu a contemplava e procurava identificar, pelas cartas espalhadas, o jogo que os cavalheiros jogavam, do andar de cima ouviram-se sons delicados de sinos. Esses sons eu conhecia. Sabia o que significavam: nessa hora, as enfermeiras amarravam sininhos numa das mãos do dr. S. As enfermeiras sempre amarravam os sininhos numa das mãos do dr. S. na hora de ele deitar, porque o dr. S. estava tão fraco que, se acordasse à noite e desejasse alguma coisa da enfermeira adormecida em seu quarto, não conseguiria nem gritar, nem estender o braço paralisado para a sineta sobre o criado-mudo. Seria capaz apenas do movimento necessário para fazer tocar os sininhos amarrados a seu pulso. E também ele jogara cartas até de manhã. O mestre de banhos já se achava a meu lado, detalhando o escândalo. O dr. S., homem rico e grande carteador, ordenara que o trouxessem para baixo numa poltrona, entre almofadas, para junto da estufa, assim que o médico se deitara. Tinham acabado de levá-lo de volta, ele estava sentado, sorridente, pálido, entre as almofadas brancas, na poltrona que dois funcionários dos banhos haviam carregado para o primeiro andar, e submetia-se mudo às admoestações do médico, que o rodeava e praguejava. Estava sendo deitado, e por isso ouviam-se os sininhos.

Vi ainda o delegado do condado, sentado no tapete vermelho da escada. O delegado era o único maluco de verdade do grupo. Também jogara cartas até de manhã. Ficou sentado na escada até que atrás dele se ouviu a voz imperiosa do médico. Nessa hora, levantou-se assustado e entrou correndo em seu quarto, rindo alto. Sobre o delegado do condado – pois nesta história só vou falar nele de passagem – basta dizer que era romancista. Trabalhava havia meio ano num grande romance sobre a sociedade que era, com certeza, muito interessante, embora ninguém pudesse lê-lo, pois durante a redação o delegado tinha um hábito bem pouco prático: escrevia o romance inteiro num único pedaço de papel. Ao começar, preenchera toda a página. Depois, em vez de prosseguir em outra folha, tornou a escrever do alto da página cheia. Em seguida, ao chegar ao fim do papel, continuou uma vez mais, imperturbável, na parte de cima. Quando me mostrou o romance, ele o escrevia havia seis meses. Se levarmos em conta que escrevia de seis a oito páginas por dia – sempre e apenas na mesma folha –, o romance devia ser verdadeiramente longo. No papel, não havia mais sombra de escrita. Transformara-se simplesmente num papel preto, como se o tivessem pintado. Apesar disso, o delegado seguia escrevendo, feliz e sereno, todos os dias. Esse manuscrito não é invenção, mas um fenômeno na história da patologia. Anos atrás, quando contava essa história em público, eu às vezes acrescentava observações engraçadas, como por exemplo: "Seria interessante recomendar essa técnica a muitos escritores". Mas desde então descobri que o fato em si tinha muito mais beleza sem comentários desse tipo. Seja como for, não há mal em tê-lo relatado, pois é indissociável do cenário de onde o poste de vapor se pôs a caminho.

O poste de vapor – o capitão de cavalaria – bebera excessivamente do *törköly* ordinário, perdera todo o dinheiro e contraíra dívidas junto ao débil dr. S. e a um conde da Transilvânia de rosto delicado, que se afastou da mesa de jogo assim que o doutor apareceu e dispersou o grupo. O doutor praguejou também com o capitão, é claro que respeitosamente, como se deve fazer com um paciente rebelde. O capitão o encarou com olhos faiscantes, suportou os impropérios e, nesse meio tempo, se vestiu. Pôs o longo sobretudo marrom com o forro grosso, de hussardo, pela abertura da cintura expôs o punho e a bainha do sabre – como se usava antes da guerra –, vestiu o chapéu e quis deixar o doutor com a cara no chão. O doutor se plantou a sua frente e exigiu que tomasse um banho de água morna imediatamente, que não se deitasse naquele estado sem um banho. O capitão não queria tomar banho. O doutor começou a rir e insistiu. Mandou fechar o portão. O capitão também ria, mas não queria tomar banho. Por fim, o doutor e o mestre de banhos o arrastaram com muita dificuldade para o grande salão da estação de águas, onde se achavam as tinas de madeira. Ali, de repente, o capitão se aprumou, vociferou uma palavra de ordem da cavalaria, desembainhou o sabre e, do jeito que estava, de roupa, bota e sobretudo, entrou numa das tinas de madeira e abriu a torneira da água quente. Agora ninguém podia mais se aproximar dele – contava o mestre de banhos –, porque brandia o pesado sabre de hussardo e ameaçava golpear a cabeça de qualquer um que chegasse perto. Enquanto isso, a tina se enchia de água quentíssima. Quando estava cheia até a borda, o capitão sentou-se e mergulhou na água até o pescoço. Ficaram de fora apenas o chapéu e o sabre desembainhado. Riu feliz e perguntou ao doutor desesperado, que buscava ajuda às pressas, se estava satisfeito com ele. A seguir, depois de ter cozinhado por uns dez minutos na água quente, saiu da tina e, mantendo todos à distância com o sabre terrível, atravessou o portão como estava, rumo à neve, e dirigiu-se à casa do farmacêutico para tomar um conhaque. Ao se afastar, fez uma única observação: se o farmacêutico ainda não tivesse arranjado cálices de conhaque e se outra vez tivesse de tomar conhaque em potes de pomada, ele cortaria sua cabeça. Quando saiu pelo portão para o duro frio do inverno, ainda escorrendo, pingando, estorvado pelos quilos de água quente que o sobretudo de forro grosso absorvera como uma esponja, transformou-se imediatamente num poste de vapor. Dizem que estava mais bonito assim que saiu: o vapor projetava-se dele para o céu. Quando eu o vi, a fumaça chegava à altura dos telhados das casas.

A causa de tudo era uma aprendiz de teatro de cabelos negros por quem o capitão se apaixonara perdidamente. Estava enlouquecido pela menininha de olhos de cigana, de resto insignificante, e que, parece, não lhe dava muita atenção. Na véspera daquela noitada louca, ele teria um encontro com ela. Haviam combinado que jantariam juntos. O capitão foi encontrá-la no quarto que ela alugava por mês, mas a moça não estava em casa. A estalajadeira atendeu a campainha e deu o recado: a moça lamentava muito, mas não jantaria com o senhor capitão porque tinha recebido um convite de um senhor chamado Oszkár. Oszkár era o diretor manco de um teatro de variedades, por meio de quem a jovenzinha esperava iniciar uma carreira. Sem acreditar na história, o capitão empurrou a estalajadeira para o lado e arrombou o quarto da jovenzinha. Mas o quarto estava vazio. Desgostoso, foi até o restaurante Hungaria, embebedou-se com champanha, arranjou em seguida um trenó e voltou para casa, na ilha Margarida. Ao chegar à ponte, sentou o cocheiro no trenó, montou ele mesmo o cavalo e voou da ponte para a ilha e pelos dois quilômetros da estrada principal até o hotel, com a velocidade que só se vê em filmes, quando na Sibéria os russos desenfreados fogem de trenó, perseguidos por lobos.

O capitão era um homem atarracado, bastante forte, e seu caráter era definido por dois maxilares salientes. Tinha o cabelo espesso, avermelhado, duro, obstinado como pêlo de cavalo. Mas ele o torturava com uma escova molhada até que de algum modo se ajeitasse. Usava um bigode pequeno, ferruginoso. Possuía olhos escuros, azul-violeta, e em geral encarava quem lhe dirigia a palavra com um olhar aguçado, ansioso. Mas ria muito alto e de coração da piada mais banal, e nessas horas o rosto ossudo de camponês assumia feições agradáveis e se iluminava, pois o olhar penetrante era fingido: se não o forçasse, seria o de uma criança de cinco anos prestando atenção numa história. O capitão não era oficial da ativa e usava o uniforme sem ter direito a ele, ou melhor, a despeito de uma proibição expressa.

*

Na ilha, ele tinha um único amigo de verdade: o farmacêutico. Esta frase requer duas explicações: 1) como se conheceram, e 2) como passaram a gostar um do outro.

Foi assim:

1. Na ilha, no verão, havia muitas aves canoras, mas rouxinol, apenas um: o farmacêutico. O farmacêutico antecipara em décadas o penteado da juventude fascista. Desejaria pentear os cabelos loiros até o céu, e quase conseguira, tal a altura a que havia chegado a cabeleira vaidosa da juventude. Era jovem e duplamente poeta: criava canções populares húngaras, com letra e música. Seu instrumento era o instrumento tradicional dos jovens que trabalham em laboratórios: o assobio ancestral, nascido dos lábios inferior e superior. Era magro e agitado: desejava aparecer a todo custo, pois vinha de uma aldeia muito pequena, onde tinha um papel claro, ao passo que, na capital, sentia-se perdido. Assim, quando a noite estival estava bonita e os hóspedes do balneário passeavam em grupos maiores em volta do hotel, precisamente à meia-noite ele se escondia atrás de um arbusto denso e alto e imitava um rouxinol por horas a fio. Fazia-o primorosamente, tanto que eu mesmo às vezes me deixava estar num banco

próximo e escutava enlevado, embora soubesse quem era, ou melhor, embora chegasse a ver, no meio do arbusto, sob a claridade da lua, a fumaça fina, prateada, que se erguia de seu cigarro. O capitão, um apaixonado por rouxinóis, ouviu-o um dia e, ao descobrir quem era, entrou correndo no arbusto e se apresentou. A partir de então, era comum ficarem os dois metidos no arbusto: o farmacêutico assobiava e o capitão ouvia. A melodia do rouxinol se extinguiu na ilha quando o capitão começou a lhe levar conhaque no arbusto. Isso não lhe fez bem. O capitão envenenou o rouxinol. O rouxinol emudeceu, e, daí em diante, em vez da canção lamentosa do pássaro, esganiçavam-se todas as noites, no arbusto, canções populares alegres, com letras que atentavam ao pudor e espantavam as jovens distintas que passeavam nas proximidades.

2. Esse foi apenas o encontro. O amor começou com o trem a cavalo. O trenzinho de um cavalo só, querido de todos, circulava entre as extremidades sul e norte da ilha, em meio a duas fileiras de árvores centenárias, e assim, mesmo no calor do verão, passava por um túnel fresco, de abóbada alta, ao abrigo de uma sombra verdejante. O trem era puxado por cavalos de generais aposentados. Soldados veteranos, experientes, muitas vezes amigos do velho imperador José, emprestavam os animais que não montavam mais, em parte pela idade do cavalo, em parte pela do cavaleiro, em troca de comida e abrigo. Eram cuidados e engordados, até a morte, pelos humildes cocheiros reais, silenciosos e fiéis. Mesmo hoje não sei por que o trem exigia um cavalo, pois o carro leve, aberto, rolava sozinho. Nunca vi a rédea esticada, a não ser no momento

da partida. E nessas horas bastaria dar-lhe um empurrão. A partir de então, ele corria silencioso no trilho, a rédea balançava cansada, como um varal ao vento, o cavalinho gordo à frente trotava com a cabeça caída de lado, como se apenas apontasse a direção. Aos domingos, os velhos generais vinham visitar os cavalos e lhes traziam cubinhos de açúcar. Esse era o trem puxado a cavalo cujas idas e vindas monótonas foram perturbadas pelo capitão e pelo farmacêutico uma única vez, na noite em que se encantaram um pelo outro. O capitão havia convidado algumas damas para jantar na extremidade sul da ilha. O jantar acabou em baile e, no melhor da festa, bem à meia-noite, o taverneiro fechou o restaurante e mandou os ciganos para casa. O farmacêutico correu para o estábulo, acordou e subornou dois cocheiros do trem a cavalo. Meia hora depois, quem estivesse desfrutando de um passeio noturno pela rua principal da ilha veria, entre as folhagens, a seguinte cena: dois carros abertos do trem avançavam num trote lento, um atrás do outro, entre as árvores. Em ambos brilhava uma lamparina amarela de querosene. No primeiro transcorria o baile: o capitão dançava czarda com as convidadas, o ritmo da czarda é bem marcado, mas o espaço necessário para se dançar é mínimo. No segundo carro tocava a orquestra cigana. O farmacêutico era o elo de ligação. Ora dançava um pouco no primeiro carro, ora passava ao segundo, animava os ciganos, dava um charuto ao cocheiro e controlava a distância. Assim seguiram os dois carros, com música e sapateado, até as seis horas da manhã. Ainda hoje, passados muitos anos, a história pode fazer que nos encantemos pelo farmacêutico. É de admirar que o capitão, cuja noitada ele salvara e tornara célebre, tenha se enamorado dele de uma vez por todas?

O capitão e o farmacêutico enfrentaram-se como inimigos uma única vez. Organizaram uma competição e escolheram-me como árbitro. O objetivo da competição era saber qual deles seria capaz de comer as coisas mais absurdas. A razão de tudo havia sido eu mesmo, porque me espantara durante um jantar em que o capitão comera coxa de rã à milanesa. Como árbitro, dei a partida. O farmacêutico foi à cozinha do hotel, voltou e comeu um pequeno peixe vivo. Fez um grande sucesso. Diante disso, o capitão mordeu a borda de uma taça fina de champanha, moeu o vidro na boca e o engoliu. O farmacêutico, por sua vez, devorou a capa do diário *Pester Lloyd*, o artigo principal e a crônica, tudo até a última linha, sem trapaça. O capitão então consumiu cinco belíssimas rosas *Maréchal Niel*, o que nem seria um problema, mas em seguida devorou uma enorme flor chamada georgina, bonita, colorida, de um cheiro a que sempre tive aversão. Decidi que o capitão tinha vencido pelas flores. Se eu não tomasse uma decisão, teriam acontecido coisas terríveis, pois o farmacêutico já vinha correndo com um punhado de besouros nas mãos.

Eu era vinte anos mais jovem que o capitão. Ele lidava comigo como se eu fosse uma criança, mas não posso afirmar que não gostasse de mim. Havia nele certa admiração pelo meu ofício misterioso: achava muito estranho me ver sentado diante de um pedaço de papel para preenchê-lo sem mais, da minha própria cabeça, com histórias. Quando, às vezes, permitia mais intimidade, o capitão chegava até a me respeitar um pouco. Uma vez entrou em meu quarto e ordenou:

– Sente-se e escreva diante de mim. Quero ver como você faz isso.

Sentei-me e fiz o que ele mandou. Ele acendeu um cigarro e me observou mudo durante quinze minutos. Enquanto isso, dava umas olhadelas na página para ver se eu escrevia sentenças de verdade. Quando se convenceu de que eu não trapaceava, balançou a cabeça. Depois pediu o papel e o leu:

– Fantástico! – disse.

Largou o toco de cigarro sobre a mesa e riu alto ao sair.

*

Certa manhã em que fui obrigado a ficar no hotel porque durante a noite nevara tanto que não havia dinheiro no mundo que fizesse um trenó chamado por telefone vir da cidade para nos levar ao centro, eu acabava de ligar a pequena estufa de ferro quando ele entrou.

– Você escreve histórias no jornal?

– Também.

– Pois eu vou lhe contar a história do meu sobretudo de hussardo, e depois, se quiser, pode escrevê-la. Mas não revele o meu nome, ou eu mato você.

– Não costumamos fazê-lo – eu disse com humildade.

– Pois então preste atenção.

E contou o seguinte:

– Como jovem oficial, eu tinha acabado de fazer uma

inspeção noturna na caserna. Estava deitado, exausto, de roupa, numa cama de ferro e esperava o meu fim. De repente, o telefone tocou. Era o comandante da cidade. Mandava que eu fosse imediatamente com um destacamento de hussardos à casa de número 89 da rua József. A casa estava em chamas, os bombeiros acudiam, e a multidão de curiosos na rua era tão grande que a polícia solicitava a ajuda do exército. Isso era comum. Passados dez minutos, lá estávamos. Fumaça, brilho vermelho no céu, poças de água na rua, à multidão não foi preciso dizer nenhuma palavra porque ela se dispersou por si, como o mar Vermelho diante dos judeus, só de ouvir ao longe as passadas velozes do destacamento de hussardos no calçamento. Os pobres bombeiros trabalhavam, esguichavam água, assobiavam, corriam, molhavam todo mundo; em dez minutos, eu estava ensopado, como se na rua József não houvesse um incêndio, mas uma inundação. Mas foi tudo em vão. Uma casa de dois andares havia se incendiado, o fogo a destruíra inteiramente, até o porão. O pior foi quando acendi um cigarro e o policial de serviço me advertiu educadamente de que era proibido fumar. Escreva isso à parte, um dia, com o título: "Burrice". Bem, eu fiquei olhando, esperei, e, por fim, tudo acabou. Uma comitiva encharcada entrou nos escombros negros, fumarentos. Oficiais da polícia, comandantes dos bombeiros em capas de asbesto imaculadamente brancas, com enormes capacetes. Na rua, ouvia-se um grande tumulto: os guardas não deixavam ninguém entrar na casa, embora muitos implorassem, dizendo que moravam ali, chegando às pressas com a notícia do incêndio. A nossa pequena comitiva penetrou nas trevas esfumaçadas, dois bombeiros se penduraram nas ruínas das escadarias e, com lanternas erguidas para o alto, iluminaram o caminho. No segundo andar, num lugar em que o corredor externo não havia desabado completamente, entramos num apartamento em meio a fumaça espessa. Entre os móveis queimados corria ardiloso, como se fugisse de nós, o fogo traiçoeiro. Junto da parede, havia um amontoado reduzido a cinzas negras. Uma mulher e um homem inteiramente transformados em carvão. Mas abraçados. Um abraço terrível, antes da morte, no instante da morte, e ainda bem depois da morte. Atrás de mim, a zeladora deu um grito que nos paralisou. Quem eram eles? Ela disse: "A sra. X. Aqui moravam os X". Eu perguntei: "Esse é o marido dela?". "Que nada", ela disse, "o marido dela está brigando lá embaixo no portão porque os guardas não deixam ninguém entrar enquanto a comitiva não explorar todo o prédio." O marido não estava na casa quando ela pegara fogo. Perguntei: "Mas então quem é esse desgraçado que ela está abraçando?". "Não sei", disse a zeladora. Arrisquei mais uma pergunta: "Ela era bonita?". Ela disse: "Bonitinha". Fiquei muito revoltado. "Bem, hussardo", disse a mim mesmo, "agora mostre que é um cavalheiro." Não se assuste, meu filho, ponha-se no meu lugar. Naquela hora terrível, a honra de uma mulher estava confiada a mim. A honra de uma mulher morta. E eu já ouvia o chefe da comitiva, o comandante dos bombeiros, de capa branca, dizendo: "Venham, senhores, vamos em frente". O que fazer? Eu não podia sair dali antes de resolver aquilo. Situação infernal. Devia pegar uma viga e tornar irreconhecível o casal abraçado? Não teria um minuto de sossego até o fim da minha vida se fizesse isso com dois corpos humanos, ainda que transformados em carvão. Debaixo do meu barrete, o suor escorria para a testa. Tirei o sobretudo. Aproximei-me dos apaixonados e os cobri. Depois peguei uma viga ainda em brasa e a pus em cima do sobretudo. E também uns pedaços de madeira meio carbonizados. Uma cadeira. Uma porta de armário. Queimei toda a mão. A comitiva já andava por outros lados havia tempo, e eu ainda sofria ali, esperando que o sobretudo pegasse fogo e, com os amantes, com a viga, com o pouco de lenha, se transformasse numa montanha queimada, informe. Pedi em vão a um dos bombeiros de lanterna que me ajudasse a incendiar o sobretudo. Ele disse que viera para apagar e não para acender. Isso você também pode escrever, à parte. O título poderia ser: "Burrice II". Por fim, o sobretudo pegou fogo, e, com ele, a lenha que eu tinha empilhado. Fiquei ali parado, esperando que tudo queimasse lindamente, que tudo desmoronasse junto com os amantes. Foi terrível, mas com o fogo renovado eles também se acenderam de novo. Quando saí, tudo era uma massa negra destruída. O marido, por sua vez, ainda estava entre os que discutiam com os guardas na rua, querendo entrar. Não sei o que aconteceu depois. Eu cumpri a minha obrigação.

Após o relato, ele olhou à frente e ficou em silêncio durante longo tempo. Em seguida, ergueu repentinamente a cabeça:

– Opa – disse –, temos um problema.

Olhei para ele com ar interrogador.

– Se você escrever isso – disse –, o marido vai ficar sabendo o que aconteceu. Não há tantos maridos no mundo cuja mulher tenha morrido queimada enquanto ele estava fora. Vai reconhecer a história.

– Então... não vou escrevê-la. Quem sabe daqui a muitos anos, quando estiver velho.

– Por outro lado – ele disse, depois de pensar um pouco –, se você transportar tudo para o campo ou para outro país... E, além do mais, isso já tem vinte anos!

Em minha mente maldosa e desconfiada de jornalista jovem, surgiu a hipótese de que a história toda pudesse não ser verdadeira. Eu a escrevi, ela foi publicada, um pouco distorcida, num jornal desde então desaparecido, o *Diário de Budapeste*, com o título de "O sobretudo do capitão".

No dia em que foi publicada, ele apareceu com o jornal, que golpeava com força.

– Não ficou boa? – perguntei assustado.

– Isso eu não sei julgar – respondeu. – É possível que não esteja boa, porque foi você que a escreveu. Mas eu protesto por você ter me descrito não como hussardo, mas como soldado de infantaria. Isso eu não esperava de você.

Recorri à necessidade de modificar a história, visto que talvez o marido ainda vivesse em algum lugar, passados os vinte anos. Depois eu disse:

– Além disso, nunca ouvi falar que, para combater um incêndio, se chamasse a cavalaria. Como repórter, assisti a muitos incêndios, e ainda me lembro da frase de sempre: "Chegou ao local do incêndio, a passos rápidos, o oficial X do 32º regimento de infantaria sob o comando do oficial Y".

Esperei pela resposta com o coração palpitando. Ele estava perturbado:

– Isso deve ter sido recente. No meu tempo, eram os hussardos que compareciam para pôr ordem nessas situações.

Durante alguns dias ele se comportou muito friamente. Cumprimentava amistoso, conversávamos, mas, por exemplo, não me seguia – como costumava fazer quando eu passeava sozinho à noite na neve – e não me dava tapinhas nas costas.

Embora para mim não houvesse muita diferença entre um colete de oficial e um sobretudo de hussardo.

*

Aos poucos, porém, ele esqueceu a ofensa. Certa noite, veio ao meu quarto. Trazia uma garrafa de conhaque.

– Não consigo esquentar o meu quarto – disse –, a minha estufa se desfez ontem pelo excesso de aquecimento e ainda não a consertaram.

O meu quarto estava bem quente.

Pegou dois copos de água sobre o mármore rachado da pia e os encheu de conhaque.

– Estou mal-humorado – disse. – Estou caído pela dama.

A "dama" era a aprendiz de teatro de cabelos negros.

Discreto, fiquei calado.

– Ela me engana o tempo todo. Ela me chama e eu não a encontro em casa. Está sempre com aquele aleijado. O farmacêutico me fez o favor de espioná-los. Costumam jantar num restaurante sujo, na cidadela. Eu não entendo. Um homem pálido, feio, manco, tuberculoso.

É secretário numa barraca do parque da cidade onde se apresentam espetáculos de variedades. A dama argumenta que o homem vai lhe arranjar um contrato em Paris, no Folies Bergères. É inacreditável o efeito que esses homens miseráveis têm sobre as mulheres. Ela acredita que estão esperando justamente por ela em Paris!

Tomou um gole dos grandes.

– Ele a enlouquece – disse. – É tudo em vão.

Encarou-me com olhos faiscantes.

– Diga... você sabe que eu não sou oficial da ativa?

– Ouvi dizer.

– Ouviu bem. Eu saí. Você talvez nem saiba que eu na verdade não poderia usar este uniforme.

– Eu sei.

– Mas ainda assim eu o uso. Nem sempre. Só quando me dá vontade. Não me importa, podem me prender, podem me esquartejar. Não consigo me livrar da condição de hussardo. Eu ficaria doente se não o vestisse de vez em quando.

Ficou pensativo durante muito tempo.

– Você – falou em voz baixa –, você vive comigo debaixo do mesmo teto, sabe que eu saí do exército e não sente curiosidade em saber por quê?

– É claro que sim.

– E por que você nunca perguntou?

– Não me parecia... conveniente.

Encarou-me com severidade.

– O que? Você acha que eu fiz algo de errado?

– Deus me livre.

– Ainda bem!

Acalmou-se. Bebeu. Eu me perguntava do que ele vivia. Ninguém sabia. Algumas vezes ele tinha dinheiro, outras, não.

– Veja – disse –, a coisa começa com os judeus. Eu gostei de dois judeus na minha vida. Um era cafeteiro do Mirabella, na avenida Andrássy, o outro era o coronel Radó, que se chamava Roth, mas quando se apresentou como voluntário modificou o nome para o húngaro, Radó. Era um rapaz judeu, magro, moreno, silencioso, pontual, correto, muito bom soldado. Continuou no exército porque os oficiais se encantaram por ele no período do voluntariado. Apesar de ser judeu. Mas primeiro vou contar rapidamente a história do cafeteiro do Mirabella. Esse era um judeu adulto, velho. Isso você pode escrever. O caso do Radó, não. Você sabe onde fica o café Mirabella?

– Na avenida Andrássy.

– Exato. Numa grande casa de esquina de três andares. O café era de um outro judeu, um chamado Pollák. Bem, certo dia entra nesse café Mirabella do Pollák um judeu pobre do norte da Hungria, de tranças e cafetã. O Mirabella estava cheio de damas vestidas de sedas tomando lanche. O de cafetã sentou-se no canto mais afastado, numa mesinha e esperou. O garçom passou por ele umas dez vezes mas não lhe perguntou o que desejava. Por fim, ele se dirigiu ao garçom: "Quero um café". O garçom olhou para ele e disse: "Não temos café". O de cafetã arregalou os olhos. Num café grande como aquele não havia café? Desconfiava que não quisessem servi-lo porque tinham vergonha de seu cafetã diante dos outros judeus. Ele foi até o caixa, onde estava o cafeteiro. Cumprimentou educado e perguntou: "Por favor, é verdade o que disse o garçom, que aqui não tem café?". O cafeteiro olhou para ele irritado e respondeu: "Para o senhor, não tem". "Obrigado", disse o de cafetã, e saiu. Chovia lá fora, isso também é importante. Ele ficou um tempo parado diante do café elegante e sentiu muita tristeza. Eu sei disso porque ele mesmo me contou. Doía-lhe que o cafeteiro judeu se envergonhasse dele diante dos fregueses judeus. "Se ele fosse um anti-semita", disse, "eu não diria nada." Ficou um tempo parado na frente do café, depois entrou no edifício e perguntou ao zelador onde morava o proprietário. O proprietário morava no primeiro andar. Subiu. Disse que só precisou de uma hora de negociação, passada uma hora ligaram para um advogado, porque o de cafetã tinha comprado o estabelecimento. Pagou o valor da venda no ato, a seguir desceu com o advogado para o café e despediu o cafeteiro. A história toda deixou o cafeteiro tão surpreso que só uma hora depois ele desmaiou nos fundos, numa sala de carteado. Isso já tem cerca de oito anos, o café é dele desde então e ele já dobrou a fortuna. Essa você pode escrever com o título: "O ódio é mau conselheiro". Por isso, eu passei a gostar desse homem. Isso é que é ser homem. Durante anos eu fui ao café todas as noites e nós tomávamos *schnapps*, os dois, junto ao caixa. Eu o fazia contar a história de novo toda semana, de tanto que me fazia bem. Só não acho bonito da parte dele usar um terno inglês cinza e uma gravata vermelha. Na verdade, ele nunca devia ter tirado o cafetã. Mas isso não me diz respeito. Só conto essa história porque ele é um dos meus judeus.

– E Radó?

– É o outro. Esse fez parte da minha vida, o coitado. Radó não era hussardo, mas oficial da infantaria. Mas ele também serviu em Várad. Estive muitas vezes com ele no café, embora poucas no restaurante. Era excelente jogador de xadrez. Veja, um dia fazíamos um exercício de guerra, em algum lugar na Dalmácia ou sei lá onde, num lugar selvagem desses. E lá aconteceu o seguinte com o Radó. Durante o exercício, ou seja, cumprindo a obrigação como coronel, ele atravessava uma grande floresta, e atrás dele caminhava o ajudante de ordens, um húngaro de corpo e alma. Andaram, andaram, depois sentaram-se para descansar entre algumas pedras ou rochas enormes. Ao sentar, de repente o acompanhante do Radó deu um grito: fora picado por uma cobra. Dizem que aquela região é cheia de cobras. O rapaz berrava, e o Radó, coitado, ficou muito assustado porque sabia que as mordidas de cobra eram mortais. A serpente picara o rapaz no meio da coxa, acima da bota. Esse detalhe é importante. Passava por ali um pelotão, escutaram a confusão, mas ninguém foi capaz de ajudar. O pobre rapaz gritava, ele também ouvira falar que disso as pessoas costumavam morrer. Muitos dizem que é preciso sugar o sangue da ferida, mas imediatamente, para que não haja problema. Então, quem se habilita? Ninguém. Radó gostava muito do rapaz. Nem preciso dizer, essas coisas costumam ser assim. Então, ninguém se habilita? Ninguém se habilitava, ainda riam. Bem, o pobre do Radó acabou sugando o sangue da picada venenosa. Desde então, cem médicos constataram que com isso ele salvara a vida do rapaz. Mas a picada era num lugar ruim, quero dizer, na parte de cima da coxa do rapaz, do lado. Isso criou um grande problema em Várad. Os oficiais diziam que não se sentariam mais na mesma mesa que o Radó. Você sabe como são as cidades pequenas. A cidade não falava de outra coisa. A falação cresceu tanto que o corpo de oficiais teve de se ocupar da questão. Eu nem posso condenar os oficiais, do ponto de vista deles tinham toda razão. Um oficial que beijasse a parte de cima da coxa de um recruta, ainda que do lado, não poderia andar com a rapaziada. A situação era trágica. O corpo de oficiais estava certo, e o pobre Radó também. Mas à época eu era jovem e fiquei muito revoltado com a rigidez dos oficiais da infantaria. Eu travava discussões acirradas com eles, e também com os meus companheiros de cavalaria. Não se via Radó em lugar nenhum. Viajara para Budapeste, sentia vergonha. Eu me expus cada vez mais por ele, você entende, eu me envolvi muito com a coisa porque ainda acreditava que um pobre Radó desses poderia dar um tiro na cabeça se tivesse de sair do exército. Briguei com todo mundo por causa dele, durante semanas jantei sozinho. Não havia como ajudá-lo, levaram ao conhecimento de Radó que ele devia renunciar à patente e deixar o exército. Isso acabou acontecendo, e um mês depois todos haviam esquecido a história, só não esqueciam que eu tinha me exposto loucamente, defendendo o ponto de vista contrário. Foi assim que a minha situação começou a ficar insustentável. Na verdade, todos no regimento viraram meus inimigos em segredo. Eu tinha um amigo, cujo nome não vou revelar, um comandante hussardo com quem eu dividia o quarto. Ele também queria me convencer a pedir uma transferência quando veio a catástrofe.

À menção da palavra "catástrofe", o rosto dele se contraiu um pouco. Exibia uma careta amarga e zombeteira que se abriu num sorriso.

– Beba – ele disse –, agora vem o que importa.

Bebi e prestei atenção.

– O comandante com quem eu morava – prosseguiu – era o hussardo mais simpático do mundo. De bom coração, audacioso, tão perdido nas coisas da vida quanto uma menina de dez anos, elegante, bem humorado, beberrão e, o que conta aqui, o carteador mais viciado que já conheci. A diferença de idade entre nós não era grande, mas ainda assim eu era um pouco como um pai para ele. Também porque à época eu era um homem mais sóbrio, Deus sabe que pretendia trilhar uma grande carreira militar. Bem, tanto faz. Vamos em frente. O rapaz jogava desesperadamente e sempre perdia. Estava enterrado em dívidas até o pescoço. Eu nem insistia mais para que não jogasse porque achava que um dia acabaria ganhando e poderia pagar os agiotas. Mas continuava perdendo. Eu dormia havia muito quando, toda noite, ou melhor, toda manhã, ele chegava em casa, vermelho pela champanha e pela derrota, e quando acordava assustado eu o via enfiando as cédulas de dinheiro amarrotadas que lhe restavam na gaveta do criado-mudo, para depois arrancar o casaco e se deitar. Às vezes, eu só lhe perguntava: "E aí?". A resposta era sempre a mesma: "Perdi". Entenda, eu me sentia desesperado por ele. Um dia, tive uma idéia. Antes não tivesse tido. Decidi que quando ele adormecesse assim, bêbado, eu sempre retiraria uma pequena quantia das cédulas não conferidas jogadas na gaveta – pois ele nunca sabia com quanto dinheiro chegava em casa – e, aos poucos, a guardaria para ele e, um dia, quando tivesse uma boa soma, eu lhe entregaria a fortuna e contaria como a tinha juntado. E assim foi. Naquela época, o rapaz dormia em média duas horas por dia, pois mal chegava em casa e já tinha de tocar as tarefas da manhã. Como um pedaço de pau, ele dormia no instante em que se atirava na cama. Nessas horas eu sempre esperava alguns minutos, em seguida estendia a mão para o criado mudo entre as duas camas, abria a gaveta silenciosamente e, tateando, tirava um maço de cédulas e o passava para a minha gaveta. Isso durou semanas. Ele nunca deu pela falta das cédulas. Um dia, aconteceu o seguinte. Como sempre, ele veio para casa de madrugada e começou a se despir. Jogou na gaveta três maços de notas amassadas. Acordei, perguntei: “E aí?”. Ele disse, amargurado: “Ganhei”. Nessa altura eu já havia guardado uma bela fortuna. Não sei que horas eram, mas o fato é que começava a amanhecer, havia um pouco de claridade no quarto. Deitou-se, adormeceu. Esperei até que ele começasse a respirar regular e profundamente, e devagar estendi a mão para a gaveta. Abri-a em silêncio e peguei um maço de cédulas. Empurrei a gaveta de volta. E, assim, deitado na cama, naquele alvorecer suave, comecei a olhar quanto eu havia retirado. Ao manusear o dinheiro, notei de repente que o ritmo da respiração dele havia se modificado. Senti um aperto no peito. Voltei a cabeça para ele lentamente e vi que não dormia, recostava-se calmo no travesseiro com os olhos arregalados e pregados em mim. O meu primeiro pensamento foi de que ele teria morrido, pelo modo fixo, imóvel, mudo e sem respirar com que me fitava. Eu, de minha parte, o encarei. Passamos muito tempo assim. Depois, falei em voz baixa. Ele respondeu. A conversa se resumiu a isso: "Você está acordado". "Acordado", respondeu. Acendi a luz, com o dinheiro na mão. "Então", eu disse, "você não vai falar nada?" "Não", disse a meia-voz, muito triste. Bem, sentei-me na cama e comecei a refletir com as cédulas entre as mãos. Ele me dissera muitas vezes: "Como é que você consegue organizar o seu dinheiro com tanta inteligência? Nós todos estamos cheios de dívidas e você vive sem elas". Eu devia tentar explicar que roubava o dinheiro todas as noites da gaveta para ele? Hoje eu sei que a hesitação foi uma estupidez. Mas aquele instante se passou de tal maneira que mesmo agora eu juro que, se estivesse no lugar dele, jamais acreditaria no conto do bom amigo esperto que desejava ajudar o jogador. A idéia em si era desonesta e trazia consigo a punição. Mas já era tarde. Se ainda tivesse gritado! Mas o que me torturou foi que me observou longamente, reviu toda a história da gaveta, e quando os nossos olhos se encontraram ele não disse nada, apenas me encarou com uma profunda tristeza. Bem, com isso, eu disse: "Eu lhe asseguro com a minha palavra de oficial que toda noite tirava dinheiro da sua gaveta e o juntava para você aqui na minha gaveta, para lhe fazer uma surpresa quando tivesse muito". Abri a minha gaveta e mostrei o dinheiro. "Ótimo", ele disse, mas o sorriso não era sincero. Peguei o maço na minha gaveta e o pus sobre o criado-mudo dele. "Tome", eu disse, "até agora juntei isso." Não respondeu. Sorriu. Diga, havia outra saída? Não. A minha gaveta ainda estava aberta. Enfiei a mão nela e com tranqüilidade peguei o meu revólver. Essa foi a segunda bobagem. Mas não havia mais nada a fazer. Ele, claro, pulou em cima de mim e arrancou o revólver. Isso tudo aconteceu quando eu era muito impopular. Por causa do Radó. Uma semana depois eu fui embora. Você fez bem em não perguntar por que eu parti. Talvez eu nunca tivesse contado. Assim, você vê, eu contei. Foi como aconteceu.

Ele estava cansado da conversa, levantou-se, tomou um grande gole de conhaque, acendeu um cigarro e começou a andar pelo quarto. Eu – talvez tenha sido automático, pois havia lido muitas vezes sobre a tal cena em que o narrador encerra a narrativa – me ajoelhei diante da estufa e pus toda a lenha que cabia ali pela portinhola.

E, de novo, uma vez que cometi o erro de ainda não ter contado, tenho de confidenciar ao leitor: a verdade é que o capitão nunca foi oficial. Era um vigarista, um aventureiro, mais tarde descobriu-se que havia sido recruta na infantaria. A história de Radó podia ser verdadeira, apesar disso. Talvez ele a tivesse ouvido em algum lugar. Por outro lado, eu acabei por me convencer de que o caso do cafeteiro do Mirabella era real. Entretanto, as histórias dos "dois bons amigos", segundo as minhas muitas reflexões, poderiam de fato ter acontecido com ele, e, se repenso o tom dos relatos, creio que existiram, mas não com o oficial e quem sabe não com as mesmas premissas. E foi de caso pensado que deixei de revelar que nunca foi oficial, porque quando me contou essas coisas eu também acreditava piamente que ele fosse capitão.

*

Uma tarde, sem mais nem menos, ouvi tiros de revólver. Eu morava no primeiro andar, e o capitão, no segundo. O som dos tiros vinha dali. Toquei o alarme e saí para o corredor. Os estampidos prosseguiam. No primeiro instante, pensamos que o capitão havia se suicidado. Mas enquanto corríamos escada acima, eu me acalmei, pois o revólver não silenciava. Depois de seis tiros, uma pausa, e a seguir mais seis tiros. Acontecia o que suspeitamos a caminho: quando entramos no quarto, o capitão estava de pé a um canto e atirava num alvo do lado oposto. Riu muito de nós, de mim, do médico e da arrumadeira, parados, emudecidos e atordoados em meio ao cheiro de pólvora, enquanto no quarto vizinho tilintavam os sininhos, como se um carneirinho saltitasse numa pequena colina invisível: o dr. S., assustado pelo som dos tiros, sacudia os sininhos atados a seu pulso.

– Eu lhe peço – disse o médico, amargurado pelos esforços inúteis para levantar capital –, que deixe o meu hotel!

Com isso, ele saiu e bateu a porta. A arrumadeira também saiu. Somente eu fiquei ali.

– Por que o senhor faz essas coisas? – perguntei, mais penalizado que em tom de censura, desconfiando que ele devia estar muito aborrecido.

– Veja – disse, e apontou para o alvo.

O alvo era um bonito retrato de grupo no qual, em quatro ou cinco fileiras superpostas, alinhava-se toda uma classe. Os da fileira de baixo estavam sentados. No centro, o diretor. Todos usavam paletós pretos, e no canto esquerdo da fileira de baixo já havia quatro com tiros na testa. Se não aparecêssemos, ele teria prosseguido e acertado a testa da classe inteira.

– Este é o melhor treino de tiro ao alvo para se fazer num quarto – explicou. – O retrato de grupo. Alvos todos pequenos e todos cabeças humanas, o que me excita um pouco. Aprendi esse treino em Paris com um jovem montenegrino que era parente do velho Nikita, o príncipe da época. O rapaz comprava retratos de grupo dos fotógrafos de subúrbio: de clubes, de escolas, de casamentos, e com eles praticava tiro ao alvo no quarto, com um revólver. Ele me explicou que, para a mão, não é indiferente apontar contra pratos de cerâmica ou cabeças humanas. Cabeças são mais difíceis.

Bateram à porta. O jovem cozinheiro da hospedaria entrou, de branco, usando o chapéu tradicional do ofício.

– Sente-se, meu camarada – disse-lhe o capitão –, logo vamos falar com o senhor, primeiro tenho que dar uma explicação ao meu amigo. Hoje estou mal-humorado, por isso estou treinando tiro ao alvo.

Tirou do armário alguns retratos de grupo parecidos. Entre eles havia alguns inteiros e outros cheios de tiros. O trabalho mais perfeito fora aquele em que executara todo o corpo de bombeiros voluntários de Buda. Os pobres bombeiros estavam ali, de farda completa, com toda a pompa, com um buraco no lugar da cabeça e um capacete sobre os buracos. Ele deu um tapa num dos retratos.

– Está vendo isso? – mostrou.

Sob o retrato estava escrito: “Oitava turma do ginásio evangélico de Budapeste, 1889”. A classe inteira exibia um furo na testa, e apenas o professor, sentado no centro, parecia retalhado com um instrumento afiado. Em volta do professor, a imagem estava estraçalhada por tiros.

– Veja – disse –, este foi terrível, faz anos que o guardo no armário. Quando atirei nesse retrato, eu vi o demônio.

Olhei para ele sem compreender. O cozinheiro riu.

– Não ria – disse –, pois o senhor é um homem inteligente. Disso apenas os caipiras dão risada. Sim, eu vi o demônio. Ele estava sentado aqui, onde está rasgado, no meio do retrato...

E apontava o lugar estraçalhado que correspondia ao professor.

– Esse retrato eu também comprei de um fotógrafo, como os demais. Alunozinhos bem pálidos, oitava série, antes da formatura. Comecei a atirar neles em ordem, comecei em cima, do lado esquerdo, por aqueles que estavam de pé no banco, tudo ia muito bem, e eu fui até o fim, atirei na classe inteira. Você pode ver que não errei mais que dois entre os trinta. Poupei o professor, deixei-o para o fim. Depois que eu já tinha acertado todos os alunos, carreguei de novo a pistola e, nessa hora, olhei sem querer para o velho professor. O sangue me congelou nas veias. De repente, o professor, que até então estava sentado com o rosto impassível, enquanto a classe inteira morria ao lado dele, mudou de expressão. Olhou para mim desafiador, transfigurado, e moveu um pouco os lábios.

O cozinheiro riu de novo.

– Não dê risada – disse o capitão, desta feita irritado –, aconteceu exatamente o que eu disse. O professor desejava morrer. Como se dissesse: "Agora que todos os meus pupilos tombaram, eu também não quero mais viver". Eu me assustei, e ele mexeu o rosto de novo. Disse: "Atire, mate-me, não quero mais viver sem os meus alunos!". Olhava para mim com dor, implorava, esperava pela redenção. Fiquei comovido ao ver um professor que gostava tanto de seus alunos. Sentia um pouco de arrependimento por ter lhe causado uma dor tão grande e percebia que não havia outra saída: tinha de atirar no professor para que não sofresse. Mirei bem, atirei e não acertei. Olhei para ele: o rosto não expressava mais dor, parecia frio e paralisado. Atirei outra vez, de novo a bala passou do lado. Nos pequenos olhos do rosto frio apareceu um certo desprezo. "Ei", eu disse, "você está troçando de mim?" Senti vergonha, mas aproximei-me para ter certeza de acertá-lo. Atirei, não acertei. O desprezo se espalhou dos olhos para o rosto todo. Fiquei furioso. Atirei umas três vezes e não acertei. Ele sem dúvida já gargalhava, os dois olhinhos brilhavam como dois pequenos pontos em fogo. E, meu amigo, eu atirei dez, vinte vezes, em vão. Ele ria sempre mais, ficava cada vez mais feio, mais terrível, sim, entenda que eu estava assustado porque sentia que tinha encontrado o demônio. Era por isso que o bandido havia pedido para morrer de maneira tão comovente, para depois me torturar. A gente nunca sabe como vai deparar um dia com o demônio. Porque todos o encontram uma vez na vida. Eu o vi naquela hora. Diante de mim, todos os meus cartuchos vazios. Por fim, eu o furei com a minha espada, como pode ver. Eu me sentia muito mal e estava exausto. Tive uma dor de cabeça terrível. E também me lembro de que a pólvora parecia ter um cheiro muito mais forte que outras vezes. Agora o demônio não está mais nele. Quando o furei, ele deu uma grande risada e saltou de volta para o inferno.

O cozinheiro observava espantado, sério.

– Ria agora, espanhol! – disse o capitão triunfante. – Viu, perdeu a vontade?

O cozinheiro era "espanhol" porque voltara para casa, para a Hungria, de Madri; fora mestre-cuca na cozinha do rei da Espanha. E agora estava ali sentado porque o capitão havia encomendado um jantar para aquela noite. Ele também tinha ouvido falar do jantar que, não havia muito tempo, o sr. G., o mais respeitado *restaurateur* húngaro, havia organizado. O sr. G., que era rico e escrevia livros de arte culinária, reproduzira para um grupo de artistas e professores universitários a ceia de Trimalquião,[2] no porão de seu restaurante. Com uma tradução de Petrônio nas mãos, mobiliara o refeitório, mandara pintar serragem de vermelho para espalhá-la no chão, e ele próprio se entregara ao trabalho, preparando os pratos romanos segundo a descrição precisa de Petrônio. Não tivera de imitar os vinhos: os vinhos italianos ardentes eram os mesmos que no tempo de Trimalquião. Apenas os anos nos rótulos eram diferentes. O jantar fora um sucesso. Todos passaram mal. Mas os professores universitários cuidaram dos artistas e os artistas carregaram os professores universitários para casa. Era uma história célebre em Budapeste.

---

2. Episódio central do *Satíricon* de Petrônio. [N. E.]

– Bem – disse o capitão –, nós também temos capacidade para isso, espanhol. Só que nós não vamos comer um jantar romano, mas espanhol. Não quero nem saber como vai ser. Estaremos em quatro, e eu quero o jantar que se servia ao rei espanhol quando ele desejava comer bem.

O cozinheiro pegou um pequeno livro.

– Já para fora! – gritou o capitão. – Vamos chegar às nove em ponto e vamos comer na cozinha.

O cozinheiro saiu.

– Sente-se – disse o capitão. – Essa mulher acaba comigo. Peste.

Fiquei sentado. Ouvi em silêncio.

– Veja – disse –, ela era uma pequena feiosa e agora começou a ficar bonita. Quando a conheci, vestia trapos, e agora anda elegante feito uma cocota parisiense. Quando comecei a levá-la para jantar fora, era burra. Agora é inteligente como um rabino de Ungvár. Antes as unhas eram imundas, agora as mãos parecem um lírio. Antes era ingênua e humilde, agora é desavergonhada. Ela vai acabar comigo.

Eu lhe disse que isso não era muito provável, visto que ele era capaz de falar dela com tanta frieza e crítica. Acrescentei: ela o incomodava, perturbava, mas sem atingi-lo profundamente. Enquanto eu dizia isso, ele me observava muito atento. Vi que de mim ele esperava ajuda, esperança, consolo, e enquanto lhe explicava que ele não gostava da moça a sério, via pela atitude dele que estava muito apaixonado. Era preciso conhecê-lo: era incapaz de chorar, sempre pensava em coisas práticas. No que era preciso fazer. Matar a moça ou se matar? Ou a ambos?

Mas enquanto eu falava e, sob efeito da experiência, também passava para um tom diferente, ele tirou a máscara dura, autoritária do rosto e concentrou-se em mim de um modo que eu raramente vira: como uma criança diante de um contador de histórias. Por isso mesmo perdi completamente a convicção enquanto falava e no final só enunciei generalidades vazias, coisas que tinha escutado ou lido. Descobri que ele gostava muito da moça.

– É claro que você acha – disse ele depois, procurando parecer duro – que eu tenho uma ligação muito forte com essa dama.

Não me contive:

– E não tem?

Ele se desmontou por dentro diante da voz do coração, mas manteve as aparências. Tornou-se insolente.

– Não posso forçá-la – disse. – Algumas vezes eu a beijei, mas numa das vezes ela limpou a boca depois. Eu não sei o que tenho de tão detestável.

Fitava o cigarro com um olhar selvagem. Na realidade, não havia nada de detestável nele, nem mesmo do ponto de vista de uma mulher – a não ser que não se gostasse dele. Porque nesse caso podia-se pensar o que bem se quisesse. Era um homem bonito, duro, que se esfregava até ficar vermelho, sempre bem lavado, barbeado, limpo, todo ossos largos e músculos, todo força e fantasia, generosidade, audácia – e era gracioso, apesar de atarracado. Talvez apenas as suas pernas fossem um pouco curtas – desde então percebi muitas vezes que isso desagrada às mulheres. Porém, isso não podia ser uma razão decisiva. Penso antes que o capitão todo, do modo como era, não fazia falta à dama. Esse tipo de coisa acontece e é pior que pernas curtas.

Fiquei surpreso pela aparente falta de ligação dele com a bonequinha morena. Mas acreditei nele. Podia ser verdade. É difícil mentir uma coisa dessas ou o seu oposto para quem tem bons ouvidos. E a mentira se torna impossível para quem também tem bons olhos, capazes de observar os olhos do acusado quando confessa. Eu não poria a mão no fogo pela moreninha, mas que ela não havia se entregado ao capitão, isso era certeza.

– Eu fiz uma coisa muito feia – disse de súbito o capitão, enquanto eu refletia. – Jantei com ela e com o tal do Oszkár. Com aquele secretário ou funcionário ou sei lá o quê com quem ela sempre anda. Paguei-lhes um jantar com champanha, como um velho idiota. O tal do Oszkár estava tão esfomeado que eu fiquei espantado de vê-lo comer. Parecia um verme. Fuma cigarros fedidos, baratos, e tantos que os dedos e os cantos da boca são amarelos. É um homem feio, doente. E essa moça bonita... Incompreensível.

Balançava a cabeça, sorrindo um sorriso azedo.

– E isso não é nada – prosseguiu. – Fiz coisa pior. Depois do jantar acompanhamos a moça até em casa e em seguida fui com esse homem a um café. Bebemos até de manhã e eu o fiz falar. Ele também não tinha nenhuma ligação com ela. Não sei com quem essa peste tem alguma ligação. O sr. Oszkár disse que ela provavelmente tem um homem mais velho. O sr. Oszkár não mentiu para mim. Depois do terceiro copo, ficou bêbado feito um gambá e chorou como uma chuva torrencial. Cheguei a reconhecer que ele estava ainda mais apaixonado do que eu. Eu, é claro, não lhe confiei nada. Fiz de conta que só andava de vez em quando com a moça, por diversão, para ouvir sua tagarelice animada. Mas ele pôs a alma para fora. Ele de fato escrevia, a pedido dela, cartas para um húngaro, professor de balé em Paris, e também pretendia emigrar com ela. Disse: quem sabe lá... Eu o orientei. Que lidasse com ela assim ou assado. Ensinei como poderia desconcertá-la. Consolei-o dizendo que era apenas uma questão de persistência: ela certamente seria dele, só não devia abandonar a luta... Credo. Não é horrível?

– Não.

– É claro que é – disse. – Você é um escritor oportunista. Isto é horrível.

Começou a se vestir.

– Vou para a cidade – disse.

– A pé?

A pergunta cabia, pois nevava sem parar havia dois dias, na cidade nem os bondes circulavam, para a ilha não vinha trenó por nenhum dinheiro do mundo.

– A pé – disse. – Convidei a moça para jantar. É por isso que estaremos em quatro. O farmacêutico e você, mais eu com a moça.

Foi assim que eu soube que também era convidado para o jantar espanhol na grande cozinha do hotel.

Saiu andando a pé, no escuro, em direção à cidade. Eu voltei para o meu quarto, deitei no canapé para pensar e logo adormeci. No meu sono, eu me vi em Roma, os fragmentos de lembranças de uma viagem recente à Itália misturaram-se em mim e ouvi um badalar terrível.

Acordei. Eram nove horas, noite negra como breu. E os sinos tocavam mais selvagens e mais vivos do que no meu sonho. Fui até a janela e me debrucei para ver a entrada do hotel. Diante do portão havia um trenó com quatro cavalos. Nas costas dos cavalos badalava, tilintava, estrondeava, retumbava um instrumento nunca visto, tremendamente grande e brilhante. Sob o clarão da entrada, brilhava aquele carrilhão de harpas e argolas niqueladas e ganchos, entre cujos chocalhos e sinetas balançavam longos rabos de cavalo brancos e vermelhos. Os cavalos, nervosos, chacoalhavam a orquestra presa ao rabo e faziam tal barulheira que toda a corte do czar parecia ter chegado ao hotel em cem trenós. Naquele instante, o capitão ajudava a moça a descer. Na verdade, ela saltou bem lépida do trenó alto. E ria muito. Saí para o corredor, espiei escadaria abaixo. Passaram para a cozinha pelo corredor do térreo.

No jantar não aconteceu nada de relevante. Apenas o assim chamado ambiente era interessante. A cozinha era imensa, construída para servir a mil e quinhentos comensais, com uma fornalha digna de romances, mal iluminada por algumas lâmpadas que deixavam os cantos às escuras, e no centro nobre do salão destacava-se uma pequena mesa de quatro lugares, enquanto o cozinheiro vestido num branco impecável trazia em seqüência os pratos favoritos do rei espanhol. O rei da Espanha, leitor respeitável, começava por um caldo de carne servido numa caneca. Depois, comia caranguejo à moda americana. Em seguida, turnedô, deitado sobre pão frito, acima do qual se espalhava pesaroso um fígado de ganso.

Isso tudo vinha acompanhado de uma grande travessa de cozido com uma couve-flor enorme no meio, rodeada, como uma galinha cercada de pintinhos, por pequenos montinhos coloridos de cenouras, ervilhas, cogumelos, vagens e uns brotos do tamanho de amendoins, de couves-de-Bruxelas. Mas isso não bastava para o rei da Espanha. Traziam-lhe ainda uma torta em que ardia uma labareda alta, seguida de queijo, do qual, na verdade, ele já nem se servia, e frutas numa grande bandeja, depois do que ele lavava as mãos numa pequena cuba de cobre em que tiras de limão substituíam o sabonete. Se não soubesse que jantava com o rei da Espanha, eu pensaria que comia no banquete anual do sindicato de jornalistas, com a diferença de que costumavam nos servir abóbora fria com molho tártaro em vez de caranguejo. Parece ser essa a diferença entre um almoço elegante na Espanha e um banquete de jornalistas húngaros.

Depois do jantar, o farmacêutico cantou e o rei da Espanha experimentou cinco licores diferentes. Foi a primeira vez que vi o capitão com a moça morena. A ligação entre os dois era de fato lamentável. Ela se comportava com o capitão de modo revoltante, ainda que não pronunciasse uma única palavra inadequada ou ofensiva. Ao nos sentarmos, a moça não me agradou nem um pouco. Entretanto, no final do jantar, quando havia se aquecido com a comida e com o licor, seu rosto exibia uma dignidade de bruxa sorridente, seu olhar nos media como uma lagarta, quase sentíamos cócegas no rosto. Suas muitas risadas sem razão me enervaram. Ela chegou a assumir o papel de rainha da Espanha. Porém, ao rir, ria sempre do capitão e despejava sobre ele um orgulho de espanhola. Em dado momento, o capitão quis pôr a mão sobre a dela, pousada na toalha de mesa. Nessa hora, ela atirou para trás a cabeça, entre jocosa e envaidecida, fazendo pose de rainha, bateu na mão do capitão e disse brincando, patética: "Perdão, senhor!". Mas o tapa – por acaso ou como conseqüência do caráter da moça – foi tão ofensivamente ruidoso que eu senti o rosto enrubescer no lugar do capitão.

O capitão quis armar uma grande bebedeira, mas a moça olhava para o relógio o tempo todo. "Tenho ensaio de manhã", disse. E depois: "Vamos, os cavalos vão congelar lá fora". O capitão implorou por mais meia hora, tão desajeitado que eu me envergonhei por ele.

O estrépito de sinos que os cavalos fizeram durante todo o jantar era uma obra-prima de uma empresa húngara, cópia exata do que a firma fizera para a corte russa e que, à época, fora exibido na exposição universal em Paris. De tarde, o capitão ainda não sabia que a compraria. Quando foi buscar a moça de trenó, para o qual dois cocheiros haviam contribuído com os quatro cavalos, entrou numa selaria para comprar sinos comuns. Ali, viu a peça de exposição num armário, aquela torre musical concebida para lombos de cavalo. Comprou-a por uma soma enorme e presenteou os instrumentos aos dois cocheiros naquele mesmo dia. Logo estavam de volta ao velho armário da selaria – os cocheiros os revenderam ao negociante pela metade do preço. Não acredito que alguém as compre um dia.

No jantar, sentei-me de frente para a moça morena. Na hora do licor, ela tocou o meu pé com o dela. Olhei para ela e pensei, num reflexo, que fora sem querer. Ela, por sua vez, olhou para mim com uma expressão de escárnio. Riu alto e, a uma pergunta do capitão, disse: "Vou contar quando estivermos a sós". Tinha certeza – porque ela era dessa laia – que no caminho para casa diria ao capitão: "Aquele garoto moreno de cabelos compridos roçou a minha perna durante o jantar". Já àquela época eu sentia um ódio masculino ancestral por essas mulheres.

O jantar chegou logo ao final, num clima incômodo, artificial. Embrulharam a morena em peles, e o capitão sentou-se junto a ela no trenó. A nevasca havia cessado, fazia uma bela noite, fresca, natalina. O céu negro estava cheio de pequenas estrelas tremulantes. Quando os cavalos partiram, o som produzido pela orquestra eqüina do czar russo me fez pensar que despertaria toda a cidade adormecida. Depois, como o vento, ela abriu caminho entre as árvores de ramagens vestidas de neve espessa. A barulheira soou cada vez mais baixa à distância, durante tanto tempo que mesmo agora, ao escrever, posso ouvi-la.

Na neve fresca, caminhamos os dois a passos lentos: acompanhei o farmacêutico até o pequeno edifício. De repente, ele estacou e disse:

– Por favor. Eu vou lhe contar uma coisa, mas confio na sua honradez. Só para que veja como são as mulheres. A moça roçou a minha perna debaixo da mesa durante o jantar.

*

Depois de acompanhar o farmacêutico até em casa, voltei devagar para o hotel, desfrutando da limpidez e do silêncio da noite invernal, depois da fumaça, da aguardente, do cheiro de comida e da algazarra. Perto do hotel, vi dois homens passeando. Eu conhecia todos na ilha, mas aqueles dois caminhantes noturnos me pareceram estranhos mesmo de longe. Andei na direção deles e constatei que eram duas pessoas completamente desconhecidas. Estavam bastante bem vestidos, eram altos e fortes. Quem seriam? Como teriam chegado à ilha naquela noite siberiana?

Toquei a campainha da entrada e o porteiro apareceu.

– Quem são esses? – perguntei em voz baixa.

Não respondeu, deu a entender com os olhos que primeiro fecharia a porta e depois falaria. Fechou-a, passou a chave.

– Não falei – disse – porque com a neve o menor ruído chegaria até eles. Enquanto os senhores jantavam na cozinha, esses dois homens estiveram aqui. Ficaram sentados comigo durante uma hora. Fizeram perguntas sobre o capitão. Veja bem, o que eu podia dizer? O que eu podia saber?

De súbito, a minha perna ficou pesada. Senti o sangue fugir do rosto.

Ele disse sussurrando, como se ainda temesse que a sua voz pudesse chegar aos dois homens:

– Polícia.

*

Passei grande parte da noite à janela. Esperava que o capitão voltasse. Nesse meio tempo, os dois homens altos desapareceram do meu campo de visão. Eu me cansei, deitei-me, durante muito tempo fiquei atento a todos os ruídos, depois adormeci.

Acordei no final da manhã com o porteiro em pé junto a minha cama.

– O doutor pede que o senhor se vista e suba imediatamente.

Pus a roupa apressado e subi para o quarto do médico no segundo andar. No caminho, senti que o chamado teria a ver com o capitão, suspeitei que o destino, que descansara por algum tempo, agora se animava e partia em seu encalço.

No quarto do médico havia uma enorme geringonça elétrica que sibilava baixo; eu havia chegado à conclusão de que, para todo visitante a quem o médico sem querer dava as costas, ela sussurrava: "Ainda não me pagaram". Naquela hora, a máquina estava em silêncio. Debaixo dela, numa cadeira, sentava-se uma senhora com os olhos vermelhos de choro, vestida de maneira simples, com um assim chamado *tailleur* inglês. Via-se uma faixa grisalha no cabelo castanho. Parecia uma professora de línguas bem distinta ou uma condessa tagarela. O médico apresentou-me a ela, disse o meu nome. A mulher não fez nenhum comentário.

– Sente-se – ordenou o médico com severidade, no tom em que costumava dizer: "Tire a roupa".

A mulher pegou um lenço e começou a chorar em silêncio.

– O senhor é o único – disse o médico, voltando-se para mim – a quem o infeliz dá ouvidos. O farmacêutico é estúpido. Com ele não temos nada que falar. Mas peço ao senhor que converse com ela.

"Infeliz" – isso era mau sinal. Olhei para a senhora que, entre as lágrimas, por trás do lenço, me examinava para ver que espécie de indivíduo era esse a quem o selvagem dava ouvidos.

O médico virou-se para a senhora:

– Queira falar, por favor.

A senhora assoou o nariz (é interessante essa operação não ter lugar entre os gestos trágicos, embora cumpra um papel muito maior nos momentos mais graves da vida que o ato de levar as mãos ao coração ou à cabeça, de que os artistas tanto gostam).

– Vossa Excelência – ela disse – talvez saiba que há detetives pela ilha.

– Ontem de noite...

– Continuam por aqui. Observam-no. Foi denunciado. Na cidadela mora a viúva de um assessor ministerial, uma baronesa. Ela tem uma filha de trinta anos, moça muito bonita, embora já um tanto gasta, que, veja bem, nunca quis se casar e, veja bem, enamorou-se dele feito uma louca. E ele, veja bem, noivou com a moça e anda com ela há um ano. E, veja bem, a baronesa chegou a lhe dar certa quantia, não muito, veja bem, mas ainda assim significativa, e ele sempre adiava o casamento, veja bem, e ele voltou a receber somas menores e depois, veja bem, aconteceu o desastre: a família descobriu que ele gastava o dinheiro com uma aprendiz de teatro maltrapilha, pagava-lhe jantares com champanha porque estava apaixonado por ela, porque é um doido, veja bem... A família o caçou, veja bem, e agora denunciaram-no à polícia como um sedutor que promete casamento a moças inocentes.

Soluçava amargurada. Descobri então que ela gostava do pobre capitão, do jeito como ele era, apesar da vida terrível que levava. Mas eu me sentia impotente.

– É seu parente? – perguntei à senhora. Ela se parecia um pouco com ele. Pensei que fosse sua irmã mais nova.

– Sim, veja bem – disse chorando. – Sou a esposa dele.

Olhei para o médico. Ele se levantou da mesa e começou a andar para cima e para baixo, agitado. Fiquei muito surpreso. Eu nunca suspeitara que o capitão fosse casado.

– Há nove anos! – lacrimejou a mulher no lenço. – Veja, ele não pode ter queixas de mim, porque quando eu soube que eles o tinham denunciado, logo propus que nos separássemos e que ele se casasse com a balzaquiana, pois de outro modo seria preso, com certeza. Eu disse que isso não ia me doer, doeria muito mais se ele fosse parar na prisão, e "você sabe", eu disse, "que enquanto eu viver vou gostar de você, até fecharem o meu caixão; aceite a separação, salve-se!". Mas ele não quis ouvir falar nisso, meu senhor, a teimosia dele vai arruiná-lo. Por que não me faria o favor de se separar de mim por interesse? Eu repeti, gritei que se salvasse, ele não quis nem ouvir falar. Ele não se separa porque gosta só de mim no mundo, jamais gostou de outra mulher e sou eu a mulher dele perante Deus... Pobre louco querido...

Chorou muito de novo:

– O coração dele... tem tanto coração... todo bondade...

A minha cabeça zumbia: que situação! E o jantar de

ontem! O cardápio espanhol! A orquestra de sinos, os quatro cavalos, a pequena morena! E a tranqüilidade feliz, celestial! Em nenhum momento eu notara preocupação nele. Até hoje não entendo muito bem.

– Bem, e agora queira ouvir – prosseguiu a mulher –, um dia essa baronesa velha veio me ver. Nós temos, veja bem, um apartamento muito bonito de quatro quartos na rua Nagyfuvaros. Só que ele não mora lá. De algum modo a baronesa soube disso e veio me ver. Foi quando eu soube que ele estava noivo. Da paixão pela aprendiz de teatro eu sabia de longa data. Mas isto é novidade para mim também, embora, queira acreditar, eu tenha passado por muitas coisas ao lado dele...

(Nisso eu não tinha como não acreditar.)

– A baronesa foi muito severa comigo, como se, sabe Deus, eu também estivesse metida na história. Mas esse tipo de baronesa não me pega. Logo entendi a situação e neguei ser a mulher dele. Eu disse que sim, vivia com ele havia anos, mas não éramos casados. A baronesa ficou furiosa, nem se despediu quando foi embora. Apesar de tudo, sou capaz de ter respeito, veja bem, por uma velha fina a quem acontece uma coisa dessas. E a condição dela é mesmo difícil, porque a moça, veja bem, adora o meu marido como eu nunca vi. Durante dez anos foi cortejada pelos homens mais decentes e não quis se casar. E quando aconteceu essa encrenca, disse para a mãe que não se importava que o meu marido fosse casado, ficaria com ele mesmo assim. Morreria por ele, veja bem. E acredite que por ele vale a pena.

De novo caiu no choro:

– E talvez seja preciso! – acrescentou.

Depois contou que havia mentido à baronesa em vão, o advogado dela investigara o assunto e descobrira que o capitão era seu marido por lei. A moça proibira que fizessem o que quer que fosse contra o noivo. Mas a família assumira as rédeas e fizera a moça viajar a força para Trieste, onde morava a irmã mais nova da baronesa, mulher de um rico importador de café. De lá, a moça enviara cartas, às escondidas, e escrevera pedindo que a mulher do capitão não se separasse, ela não se importaria se tivessem de viver a três. Àquela altura, a polícia já observava o, digamos, modo de vida do capitão. Ainda podia ter se separado, um advogado poderia resolver a coisa em dez dias.

A mim só espantava ele ter tempo para aquilo tudo. Voltar para casa (pois a esposa também dissera que ele muitas vezes almoçava em casa), correr atrás da aprendiz de teatro, ser noivo em Buda, na cidadela, numa família nobre e, além disso, passar a impressão, na ilha, de ser um oficial desocupado, que não tinha nada a fazer a não ser enfiar-se entre os arbustos com o farmacêutico-rouxinol, organizar bailes ambulantes, carteados regados a álcool e banquetes à moda da corte espanhola. Ocorreu-me o seu dito de que, um dia na vida, todos se defrontam com o demônio. Parece (ao menos até hoje parece) que eu havia encontrado o demônio na pessoa dele. Mais tarde, uma ilusão dos sentidos me fez crer que, quando o vi na ilha como um poste de vapor, as espirais de fumaça tinham um odor de enxofre (não senti na hora, embora devesse, de tanto enxofre e cheiro de enxofre que havia na água das fontes da ilha).

Durante a conversa, o médico não parou de andar para cima e para baixo no quarto. E tivemos tempo de sobra para conversar, pois o capitão não havia voltado para casa desde que desaparecera na noite, no trenó barulhento. De manhã, a mulher o procurara no apartamento da aprendiz de teatro, mas ele não estava lá. À noite, acompanhara a jovem até em casa, dera uma generosa gorjeta ao zelador, beijara as mãos dela e seguira adiante no trenó. Teria subornado os detetives e fugido?

– Não creio – disse a senhora.

Fazíamos longas pausas. Esperávamos. Havia silêncios em que ouvíamos os sininhos do dr. S. no quarto vizinho. O que era esse sino de carneirinhos em comparação com a orgia de sinos da véspera!

O médico – de quem desconfio que, durante as caminhadas para cima e para baixo, pensava não só no caso mas também em suas próprias dívidas –, depois de toda a choradeira, parou de repente diante da mulher que olhava fixamente à frente e chamou-lhe a atenção irritado:

– Então, veja bem, tenha a bondade de dizer exatamente o que deseja de mim.

– Eu já disse – disse a senhora assustada –, foi como comecei, doutor. Dê um atestado dizendo que ele é louco. Ao menos… que tem um distúrbio nervoso grave… Pois, veja bem, ele não é uma pessoa normal.

– Isso está fora de questão – disse o médico. – Não vou dar um atestado falso.

– Falso? – sorriu a senhora com amargura.

– O seu marido não tem nada de errado. Eu o examinei mais de uma vez. Esse rapaz que está sentado aqui é cem vezes mais nervoso que ele.

"Esse" era eu.

– Ele não tem nada de errado. Não vou me comprometer diante da polícia ou da justiça. Tudo o que posso fazer é dispensá-lo das despesas no hotel. Mora aqui há meses e nunca pagou nada.

– Para as empregadas... – comecei uma frase.

– Eu sei – interrompeu o médico. – Para elas ele deu mais que o total da conta dele, só a mim ele concede a honra ficar devendo.

O telefone interno tocou. O porteiro anunciava que o capitão havia chegado. O médico pediu que o mandasse subir imediatamente. Os minutos de espera foram estranhos, tensos. Examinei a entrada do hotel pela janela e não vi os detetives em lugar nenhum.

Quando ele entrou, ainda não havia clareado. Dirigiu-se à esposa, abraçou-a e beijou-a longamente. Agarrou-se nela como se não quisesse soltá-la nunca mais. A mulher também o abraçou com força, embora isso não fosse nada comparado ao abraço mais selvagem que o de um apaixonado com que ele apertava contra si aquela senhora esbelta, nada magra, porém esguia. A mulher era uma cabeça mais alta que ele, mas durante o abraço a diferença se desfez, como se ela fosse uma virgem desfalecida que desejava se anular. E ele não a beijava na boca, mas onde a alcançava: os olhos, o rosto, a fronte, os cabelos, o nariz, as mãos. Aquela beijação sem sentimentos é inesquecível para mim. Talvez os condenados à morte beijem as mães com a mesma selvageria. Não se envergonhavam de nós. Eu os observava com o cérebro em alerta. Aquela pobre senhora honesta, fina, não deixava de ser uma mulher, uma mulher abandonada. Via-se nela que a dinâmica masculina, inflamada apenas por emoções, despertava grandes ondas de sentimentos. E a abraçação dava uma visão clara do elo entre os dois: o encontro entre a afeição infinita do homem e o amor fatal da mulher. Eu nunca vira uma ligação mais gratificante, mais equilibrada entre um homem e uma mulher! Somente hoje sou capaz de invejar o capitão – e também a esposa.

Bem, naquela hora ele não era mais um capitão. Vestia-se à paisana, com uma roupa não muito feliz, excessivamente axadrezada. Parecia um garçom desocupado, não muito confiável, que tivesse andado pela África. Garçons de navio exibem essa espécie de disposição para a entrega, talvez porque tenham de lidar não só com o trabalho, mas também com furacões.

– Não digam nada, por favor – voltou-se para nós –, eu sei de tudo, e os senhores também sabem de tudo.

– Separe-se – chorou a mulher.

– Não vou me separar – ele disse com leveza –, não vou me separar.

– Mas a polícia...

– Eu sei.

Olhou para mim sorrindo:

– E agora, escritor – disse –, você vai ter o que escrever.

Fechei os olhos. Isso foi há dezoito anos. À época, eu certamente não acreditava que um dia estaria sentado num hotel em Berlim, escrevendo sobre ele.

– Existe uma solução – ele disse, bem calmo. – Fugir.

A mulher respirou aliviada. Sorriu. Eu não confiava tanto na solução. Arrisquei uma palavra:

– Detetives...

– Que nada! – ele disse. – Você sabe para onde eu vou? Para a ilha de Java. Lá ainda existem oportunidades. De lá eu mando dinheiro... – disse para a mulher – ... e depois você vem atrás de mim. Lá eu tenho um antigo companheiro de armas, um judeu honesto que sempre me escreve.

– Radó? – perguntei baixo. – O Radó da víbora?

Os olhos dele se moveram hesitantes. Vi que desejaria dizer um sim, mas naquele instante ele também se sentia muito exposto diante de nós. Engoliu em seco e disse:

– Não. Um outro.

Enquanto isso, os dois detetives se aqueciam na extremidade da ilha Margarida, na casinha de pedra dos sentinelas da ponte. No Danúbio o gelo corria ruidoso, e da ilha não havia caminho para Java que não passasse por aquela ponte. Portanto, os observadores tinham certeza de que, sem chamar a atenção, vigiavam bem o capitão.

Uma hora mais tarde, o capitão, no mesmo barco de ferro que, havia pouco, trouxera quinze litros de *törköly* do vendedor de aguardente da velha Buda para o carteado, deslizava para a margem de Újpest e, assim, escapou dos detetives. O cozinheiro do rei espanhol que o acompanhou na travessia trouxe o barco de volta entre os blocos de gelo. Não creio que houvesse alguém na ilha – além do médico – que não o ajudasse a fugir. O médico também não ficou inteiramente paralisado, pois recomendou que levasse no barco um companheiro de viagem: o farmacêutico. O capitão caiu na risada, nessa idéia não quis nem ouvir falar. São interessantes as coisas que aparecem nos momentos de perigo: ele gostava do farmacêutico, mas não o levava a sério. O cozinheiro desconhecido, esse sim. Confiou-lhe a vida porque ele havia percorrido a Espanha na juventude, e nisso ele farejava algo do sangue de aventureiro. Ninguém viria da corte madrilenha diretamente para a ilha Margarida coberta de neve para ser cozinheiro de um restaurante vazio sem uma boa razão.

Nós, a esposa e eu, seguimos o capitão do quarto da torre (havia três quartos como esse no alto do hotel) com binóculos de teatro. Ele remava tão bem que nem parecia que se alistara como hussardo, e sim como marinheiro. Foi nessa hora que eu soube que não era oficial dos hussardos. Eu disse à mulher:

– Para quem é hussardo, ele rema como um...

Eu ia dizer "marinheiro". Mas a mulher me interrompeu, muito nervosa:

– Deixe o pobre coitado... por isso ele ainda pode arranjar um outro problema. Nunca foi militar. Quanto eu chorei por essa história de ser hussardo!

(Ela também não estava bem informada, pois, como já mencionei, mais tarde constatou-se que ele fora soldado de infantaria.)

O barco de ferro desapareceu, fez a curva por trás da ilha de Újpest, na direção do embarcadouro. A mulher partiu sem um único centavo, os trocados ela também enfiara no bolso do capitão (não consigo e nunca vou conseguir chamá-lo de outra forma. Lei é lei. E para mim, nesta vidinha, aquele pobre coitado seguirá sendo capitão). Eu também não tinha um tostão. Não tinha coragem de pedir dinheiro para ela ao médico, que havia feito a sua parte pelo capitão. Pensei por um instante em pedir ao dr. S., mas não queria revelar o segredo da pobre mulher. Naquele dia, não havia como negar, éramos todos cúmplices de um crime, parceiros no crime, comparsas. E, apesar de tudo, o maior segredo que eu guardava, estava convencido disso, era que o capitão não desejava fugir sozinho, que faria de tudo para levar consigo a pequena aprendiz de teatro. Pois no instante em que pronunciara a palavra "fugir", senti que pensava na mocinha que ansiava pelo estrangeiro e, nessa hora, ele reunia lindamente os dois apelos torturantes da vida numa única solução ousada: conquistar a pequena peste morena e escapar da prisão.

*

Fiquei preso na ilha durante todo o dia, pois não tinha nenhum dinheiro e porque, devido à terrível quantidade de neve, o preço dos trenós-fiacres de aluguel girava em torno de 25 a 30 florins. À época, eu recebia honorários de 9 florins por conto, e não conseguia publicar mais de cinco por mês, por mais que me esforçasse. Comida eu conseguia a crédito na cozinha da corte espanhola e, quanto à conta do hotel, eu podia ficar devendo, isso não era problema. De tarde, criei coragem para ir até a ponte: os dois detetives cachimbavam no salão do dormitório dos sentinelas da ponte e observavam os três vigias que jogavam cartas sem apostar nada, muito concentrados. O capitão tinha fugido, remando, cerca de cinco horas antes, mas eu me sentia tão sereno que era como se ele já tivesse chegado a Java.

De noite, enquanto eu me despia, bateram baixo na porta do quarto. Reconheci as batidas do porteiro. Ele entrou e disse, com o rosto completamente transtornado:

– Queira vir comigo.

Corri em mangas de camisa atrás dele, que saíra sem esperar. Descemos para o térreo, onde havia um pequeno salão com sofás à esquerda e à direita dos grossos pilares, algumas cadeiras, um canapé. Num sofá, junto ao canapé, estavam os dois detetives. Diante deles, sentado à mesa, o capitão, fumando. Ao me ver, deu risada.

– E então? – disse. – O senhor imaginava que eu já estivesse em Java?

Fiquei parado, olhando fixamente.

– Perdão, senhores – ele disse para os detetives –, um pequeno contratempo...

Ele pegou no meu braço e me levou ao outro sofá. Fez que eu me sentasse junto ao canapé e acomodou-se a meu lado.

– Estilo telegráfico – disse ele. – Barco de ferro até Újpest. Dali, de bonde até a peste morena. Não estava em casa. Para o parque, para a barraca onde ela se apresenta. Não estava lá. Para outra barraca, encontrar Oszkár: "Onde está a mulher?". Não sabe. Talvez com o velho misterioso. Eu digo: "É muito urgente. Quero levá-la para Paris. Não quero ir para Java", menti. Adivinhação com o sr. Oszkár sobre onde estaria a moça. De súbito, o sr. Oszkár sorri.

"O que foi?", pergunto. Aperta a minha mão, mudo. Chacoalha a minha mão. Diz: "Obrigado". Eu digo: "Pelo quê?". Ele diz: "Pelos bons conselhos". Eu digo: "Não entendo". Ele diz: "Aconteceu". Eu digo: "O quê?". Ele diz: "Possuí a mulher hoje de manhã, finalmente". Eu digo: "O quê?". Ele diz: "De noite, jantou com os senhores na ilha, estava muito bem humorada, o senhor a acompanhou até a casa dela. Mas ela não conseguia dormir, foi me procurar no café Aeroplano, na rua Rottenbiller, onde eu costumo estar à noite. Lá, tomamos *szilvórium* e ela foi embora comigo. Dormiu na minha casa. Às nove da manhã, partiu. Estava feliz. Foi isso que aconteceu".

– Está bem, está bem, mas... – apontei para os detetives, assustado.

– Deus do céu – ele disse –, eu pensava em fugir com ela. Eu sabia que ela ia me arruinar. Quando me livrei desse Oszkár, eu não sabia o que fazer. Sentia a boca amarga. Toda a idéia da fuga tinha se esvaziado. Estou cansado. Imagine o senhor, fugir sozinho, ter medo, viver às escondidas... Com ela, eu não me esconderia. Viveríamos em Paris, como reis, enquanto eu tivesse dinheiro, depois nada me importaria, poderia ser qualquer coisa, se um dia a desgraçada... essa pequena desgraçada encantadora... É terrível eu ir para a cadeia e a coisa não ter acontecido. Aconteceu para o sr. Oszkár.

Para mim o terrível não era isso, mas a frase "Imagine o senhor". Desde que o conhecia, era a primeira vez que me tratava por "senhor". O que eu podia fazer? Tratá-lo por "você" de forma ostensiva? Ele era mais esperto que isso, perceberia a ironia.

– Sim, sim – gaguejei –, mas isso...? Aqui... Eles...

Deu de ombros:

– Como um imbecil, saí atordoado... Vim a pé do parque da cidade até a ilha. Acho que nem queria vir para cá. Mas alguma coisa me atraiu. Talvez os dois detetives. Eu sabia que andavam pela ilha, ainda assim desci pela ponte. Estou cansado. Quero dormir. Não dormi à noite. Acompanhei a moça até em casa e depois fiquei até a manhã no café Cairo, na praça Lövölde. A cem passos do Aeroplano onde eles estavam, a peste e o sr. Oszkár. O sr. Oszkár que "tinha" a peste. Eu não a tinha. O sr. Oszkár diz que ela não tem um homem mais velho, mas "chamam-na" para um jovem arquiduque uma vez por semana. Por isso é tão orgulhosa.

Olhava para os dois detetives quase com amor.

– Estou cansado – disse. Fez de conta que bocejava, mas com o bocejo abortou um choro irresistível, explosivo.

*

Como todos os anos, no início da primavera, eu me mudei para a ilha, onde o médico não era mais o proprietário, e sim um novo grupo de sócios. Não pudera passar o inverno na ilha por motivos econômicos, porque afinal de contas a circulação para a cidade tornara-se completamente impossível. E eu também me sentia muito mal, por assim dizer, sozinho, depois que levaram o capitão e o sentenciaram a vários meses de prisão. De vez em quando eu me postava junto à grande e lendária fornalha da cozinha para conversar com o cozinheiro sobre o capitão, mas a conversa não era agradável, o cozinheiro levava a história com muita indiferença. "Ele vai escapar", dizia, "e continuar com tudo." Parecia conhecer esse tipo de impostor. O farmacêutico havia abandonado o amor pelo capitão com frieza. Dizia: "Eu não pensaria isso dele". Arrastei-me de volta para a cidade e lá esperei pela primavera. Na ilha havia lindos filadelfos brancos. A grande especialidade local era o cultivo de rosas, cujas espécies mais nobres eram exportadas para os Bálcãs. Mas ali também floresciam em abundância os dois aromas que ninguém conseguia concentrar em vidros de perfume, nem mesmo os mais hábeis fabricantes franceses: o jasmim e o filadelfo (o que não é dizer pouco, uma vez que eles obtinham um aroma de rosas melhor que o das próprias flores). A ilha tinha uma terra úmida, rica, boa, que resultava num clima um tanto malárico, antes de delimitarem bem as suas margens; em nenhum lugar as flores se inchavam tanto, para de noite derramarem um perfume denso e oleoso...

Eram oito horas da manhã, e tudo começava a se aquecer agradavelmente ao sol quando eu vadiei a passos lentos para os lados do célebre canteiro de filadelfos. Ali encontrei o capitão, uniformizado, sentado num banco com a esposa. Fazia uns quatro meses que não o via. Tinha saído da prisão havia pouco. Beijei a mão da esposa (orgulheime durante horas por esse gesto de ternura).

– Cá estou – disse. – Logo estarei a seu dispor, só quero terminar uma coisinha aqui.

Tinha uma pequena folha de papel na mão. Lia em voz alta algumas curiosidades que havia anotado dos livros emprestados na biblioteca da prisão, para mostrar à esposa quando o libertassem. "Não sabemos o que nos engorda", diz o ditado húngaro. "O escritor não sabe quando aprende." Ao pensar agora, é estranho que, depois do acontecido e justamente dessa forma, eu tenha aprendido naquela manhã que:

"O rio Amazonas, que deságua no mar, conserva por muito tempo a maravilhosa cor azul, mesmo longe da foz" (tirara isso de uma coletânea de narrativas de Mór Jókai, que usara a comparação numa de suas crônicas).

"O mar não é horizontal em todo lugar, como poderíamos crer. Os navios que se dirigiam à baía de Bengala constataram cientificamente que, na direção da baía, o mar se elevava como uma colina. Não se sabe a razão. É possível que as montanhas o atraiam."

"O Gaurishankar, ou monte Everest, rei da cordilheira do Himalaia e montanha mais alta do mundo, segundo o testemunho de medições precisas, continua crescendo, estica-se a cada ano" (bom exemplo para todo aquele que sente estar no topo da carreira. Ou: "O bom padre estuda até a morte").

"Na região do pólo Norte os pingüins andam em bandos e uma ou outra ave-guia os conduz. Quando dois bandos se encontram, os líderes se cumprimentam com movimentos da cabeça semelhantes aos dos humanos" (eu mesmo lera isso recentemente no livro de Cholnoky sobre o pólo).

"Contra a expedição inglesa liderada pelo coronel Younghusband, a mando do governo inglês, rumo a Lhassa, capital do Tibete, os tibetanos atiraram com canhões cujos canos eram de pele, e os projéteis, de pedra."

Essas frases ficaram muito marcadas na minha memória – não é de espantar. Eu admirava o capitão.

– Vou descansar – disse ele – e depois viajarei para muito longe. Uma pequena expedição húngara segue para a África, com o intuito de caçar aves por cujas penas as empresas parisienses de chapéus pagam bem. Vou partir no mês que vem. Será uma vida difícil, mas vamos ganhar muito dinheiro...

– Por Deus – eu disse –, e o uniforme? Que história é essa? Você continua...

A mulher dele balançou a cabeça, concordando comigo:

– Está vendo? Eu também falo para ele, mas não adianta. Parece uma criança teimosa.

O capitão olhou para mim não com o olhar antigo, mas cansado, diria até que com suavidade:

– Por que não? – disse indeciso.

– Perdoe-me – eu disse –, isso não faz sentido, você vai criar uma situação desagradável de novo!

Um sorriso discreto, ligeiro, contornou a sua boca. Depois, como fazem as crianças quando o professor diz: "Olhe nos meus olhos!", ergueu a cabeça e me encarou. O olhar era inteiramente inocente e infantil. O canto da boca tremia e se contraía um pouco.

– E se eu gostar que seja assim? – disse, desafiador.

E pela primeira – e última – vez, vi que a pequena borda rosada entre o globo ocular e os cílios se iluminava. Sob a romântica íris azul-violácea, brilhou úmida a pequena nascente que, no homem controlado, se detém no último instante, antes do transbordamento.

Nunca mais o vi.

*

Naquele outono, viajei para o exterior. Estive em Genebra, Paris e Londres. Fiquei fora por um ano. Quando, num dia de outubro, cheguei em casa e, depois da longa ausência, ao sair da estação, vi a cidade pela primeira vez, fui tomado por um sentimento de angústia. A minha geração conhece esse sentimento muito bem: voltar naquela época de Paris ou de Londres para a capital húngara, que parecia morta. A chegada era incômoda, especialmente de noite. A estação de trem mal iluminada, as ruas escuras e o tráfego escasso que, por escasso que fosse, era desordenado e agressivo e mais perigoso que o congestionamento londrino mais barulhento. Budapeste pode agradecer o aspecto grandioso de capital, que adquiriu desde então, a essas chegadas tristes. Os viajantes traziam planos, projetos de reformas, dos quais mais de um tornou-se realidade. Em nenhum outro lugar senti esse patriotismo realizador e desmesurado dos moradores da nossa cidade. Sempre que estava com alguém de Budapeste no exterior, diante de alguma coisa que fosse extremamente bela, que fosse uma realização nova, um de nós certamente gritaria: "Nós também deveríamos fazer o mesmo". Eu me lembro de muitas caminhadas noturnas por Paris ou Londres, em que elaborávamos até de madrugada planos de reforma para o embelezamento, para o tráfego, para o desenvolvimento da vida social de Budapeste!

Pois bem, cheguei, e no dia seguinte, tendo dormido o bastante para me recuperar do cansaço da viagem, aproveitei aquele primeiro dia especial depois de um longo afastamento, quando todos são gentis, todos são bonitos, todos sorriem, quando recebemos afeto de todos os rostos, uma imensa gratidão – que, infelizmente, logo desaparece – devida ao fato de não termos nos mostrado por muito tempo. Todo o frescor do "Quando você chegou?", que mais tarde também fenece, transformando-se em "Até quando você fica?".

Entre os projetos de reforma, o que mais me excitava era o que eu desenvolvera por inteiro no trem e anotara num papel. Um clube bonito, pequeno, mas muito elegante, onde se reuniriam todos os artistas, escritores, professores e leigos cultos da cidade. Ele se chamaria "Clube dos Cem". Pois teria exatamente cem sócios. Falei do projeto com meus amigos e ele agradou a todos. Quem ficou especialmente encantado foi um amigo construtor, já falecido, que quis fazer dos integrantes da nossa mesa no café o *primum mobile* do clube. A primeira tarefa era encontrar o lugar. Um dos vários interessados recomendou o excelente espaço de um clube já existente. Numa das travessas da avenida Andrássy havia uma mansão nobre que uns condes tinham vendido para uns barões banqueiros; os barões banqueiros, por sua vez, passaram-na adiante para um assim chamado "círculo" formado com a finalidade de organizar jogos de azar e que pagaria o valor da compra em parcelas mensais, com o dinheiro das apostas. Pagaria, se pudesse. Porque não pagou. A informação dos nossos amigos dava conta de que o "círculo", agonizava e se livraria da casa de bom grado, ao passo que os barões banqueiros ficariam felizes em entregá-la nas mesmas condições a uma empresa honesta. Assim, fui certa noite com o meu pobre amigo construtor conhecer o antro de carteado. Percorremos os recintos, os salões, a cozinha, o porão – era verdadeiramente uma mansão de bom gosto, refinada; ficamos entusiasmados quando, em meio à gentalha que jogava, sentimos como nossa a pequena mansão elegante. O *maître* do clube era um velho conhecido. Não por acaso. Acaso surpreendente seria se em algum canto do território de Budapeste houvesse um *maître* que não fosse nosso velho conhecido. Ele nos conduziu ao andar de baixo em meio ao bando terrível, cujos membros nem se conheciam, pois entravam no clube mediante um ingresso de vinte coroas. Depois da visita ao edifício, o *maître* nos acompanhou ao térreo, até a rouparia. Na rouparia havíamos deixado somente os chapéus, pois fazia uma noite bonita e quente de outono, e nenhum de nós usava casaco. Pelo portão, vimos a terrível chuva outonal que despencava e ouvimos o vento que uivava. Mandamos vir um carro, o menino que ficava na portaria correu para fora duas ou três vezes, voltando sempre encharcado, sem carro nenhum. Por conta da chuva, não havia carro na redondeza.

Esperamos, sem saber o que fazer.

– Opa! – disse de repente o *maitre*. – Vamos arranjar casacos. Vou emprestar o meu para um dos senhores, e para o outro...

Voltou-se para o funcionário da rouparia:

– Dê a capa do capitão a este senhor.

Disse também o nome dele. Era o meu capitão, o meu velho capitão poste-de-vapor, o grande amante contador de histórias – que, de outro modo, não teria vindo à minha lembrança depois de um ano e meio.

– Como? – perguntei. – O senhor capitão está aqui?

– O senhor o conheceu? – perguntou o *maître*.

– É claro – eu disse –, mas por que diz "conheceu"?

– Morreu – disse ele, com certo pesar.

– Quando?

– Por esses dias. Suicidou-se.

Na hora dessas surpresas amargas não costumamos perguntar o mais importante. Voltei a insistir na pergunta:

– Quando?

Buscou o dia, ao menos aproximado, na memória. Desde então, a idéia me angustiou muitas vezes: estabelecer com precisão quando e onde aconteceu o desastre terrível e saber o que eu fazia naquela hora, naquele minuto. Houve um tempo em que eu não conseguia mais ler sobre matanças no jornal, desde quando li que num subúrbio dois ladrões mascarados haviam entrado na casa da dona de uma tabacaria e a haviam retalhado com um machado, a fim de roubá-la, exatamente na véspera, às onze horas da noite – e não sosseguei antes de constatar que, naquela hora, eu jantava num pequeno restaurante, recém-saído da ópera, e ainda por cima cobria o garçom de impropérios porque ele anotara o pedido e voltara dez minutos depois com uma expressão de quem lamentava muito, mas o peito de ganso picado havia acabado. No mesmo minuto, do outro lado da cidade, uma pobre velha pulava da cama e fitava com olhos esbugalhados o machado que, no instante seguinte, esmagaria a sua cabeça. Era torturante, mas instrutivo, e creio que esse jogo tinha um efeito educativo (tive de interrompê-lo, porque provocava comportamentos doentios: quando assistia a um concerto e, prendendo a respiração, ouvia um *pianissimo* celestial, longamente sustentado pelo violinista virtuose, eu pensava que naquele momento, desgraçado, sem socorro, um navio naufragava numa tempestade noturna no meio do mar, ou que em algum lugar distante, num campo nevado, um arrendatário procurava afobadamente o revólver enquanto os ladrões forçavam o portão e as crianças se escondiam no porão).

Concluí que, naquela noite, na hora em que o pobre capitão empunhava o revólver (com que abatera tantos grupos e ginásios), eu estava sentado diante do café Américain, em Paris. Não foi difícil lembrar, eu me sentava ali todas as noites. Largava-me e olhava e admirava os pequenos cestos de ferro colocados entre as mesas de mármore nos quais se punha coque para arder e aquecer na noite fria os fregueses sentados na rua ("Como poderíamos fazer o mesmo lá em casa?", eu pensava, enquanto o capitão dava um fim a sua vida, de que tanto gostava). Naquele dia fazia frio em Paris, e em Budapeste, ao que parece, fazia calor.

O roupeiro apareceu com uma capa amarela de plástico, pendurada à parte, no final do cabideiro.

– Esta ficou aqui – explicou o *maître*. – Fazia uma bela noite quando o capitão foi para casa e disse ao roupeiro, que quis vestir-lhe a capa, que estava quente, que não havia razão para carregá-la. Deu um tiro na cabeça naquela noite. E desde então, a capa se aflige ali, órfã. Nós a usamos nas ocasiões em que o tempo piora de uma hora para outra e um cliente não tem casaco, leva-a para casa e no dia seguinte a traz de volta. A capa faz corridas como um fiacre.

Não aceitamos a capa. Puseram-na de volta. No cabide, parecia um outro suicida. A capa orgulhosa que se enforcara de dor pelo dono falecido. Silenciosa, girou sobre si mesma no cabide.

– Não o conheci – disse o meu amigo construtor –, mas não visto a capa de um morto. Eu detesto também as pessoas cobiçosas que se mudam para uma casa vazia em que alguém morreu. As viúvas, a mim, como homem, não me interessam... Tenho horror a elas. Vamos embora.

O clube não deu em nada mas, ao longo das negociações, voltei algumas vezes à mansão da jogatina. Quando saía, sempre espreitava a capa amarela. Ficava pendurada, tristonha, na extremidade do cabideiro, sempre solitária, separada dos casacos vivos, felizes, que tinham dono, casa aquecida e, na rouparia, uma etiqueta numerada, que usavam orgulhosos no peito, como uma condecoração.

Certa vez, ao descer, não a vi no lugar.

– Onde está a capa? – perguntei ao roupeiro.

– O tempo está ruim – disse –, e nessas horas a levam. Hoje o sr. Ede Schön a levou porque sua pequena veio buscá-lo num carro aberto... e os dois se cobriram com ela.

Lembrei-me da história que ele contara um dia na ilha sobre os dois amantes mortos na casa incendiada e o sobretudo de hussardo com que os cobrira. Como poderia lhe dizer que a capa de plástico órfã comportava-se de acordo com a sua alma, sem excesso nem pretensão?

Posfácio

uma carreira tão notável e lépida. Nascido no seio de uma abastada família judia, de sobrenome Neumann, o autor soube encarnar como poucos o gênio cosmopolita de sua cidade nesses anos em que Budapeste rivalizava com a vizinha Viena no seio de uma Áustria-Hungria "real e imperial" ("*königlich und kaiserlich*", "*k. u. k.*", na fórmula consagrada por então). Essa é a época de ouro da capital, que se urbaniza, moderniza e embeleza a toque de caixa, como lembra o narrador deste *O poste de vapor* ao final da novela. Escrevendo e publicando prolificamente, passando com igual destreza da crônica de jornal ao romance juvenil (quem não conhece *Os meninos da rua Paulo*, de 1907, que Paulo Rónai trouxe consigo para o Brasil?), Molnár logo se transformou em representante por excelência do "espírito *boulevardier* de Budapeste".[2]

Mas foi nos palcos que seu talento se fez notar com mais notoriedade. Nesses anos anteriores à I Guerra Mundial, Molnár era "o príncipe do teatro e a menina dos olhos da boa sociedade de Budapeste", como afirma Antal Szerb em sua história da literatura húngara.[3] Certamente, o autor era tributário da renovação do teatro que vinha do fim do século anterior, quando a peça em prosa, levada no Teatro de Comédia e no Teatro Húngaro, viera a predominar sobre a declamação patética do Teatro Nacional.[4] A partir de 1907, com a montagem de *O diabo*, Molnár publicou e encenou uma peça de sucesso atrás da outra:

---

2. Paulo Rónai, nota biográfica a "A chave", in *Contos húngaros* (São Paulo: Edusp, 1991).

3. Antal Szerb, *Ungarische Literaturgeschichte* (Youngtown, Ohio: Franciscan Fathers, 1975), vol. 2, p. 379.

4. Szerb, op. cit., pp. 378-379; vale lembrar ainda a atuação da sociedade teatral Thália (1904-1908), animada, entre outros, pelo jovem György Lukács.

depois da aclamação em Budapeste, *Liliom*, de 1909, não tardaria a estrear na Alemanha, nos Estados Unidos e na Inglaterra, onde Ivor Novello desempenhou o papel principal; igual êxito obteriam *O guarda imperial* (1910), *O lobo* (1912), *Carnaval* (1916), *O cisne* (1921), *Farsa no castelo* (1925) e *Um, dois, três* (1930), entre inúmeras outras.

Habitué dos salões e dos bastidores, Molnár ganhou fama de ter olho vivo para cristalizar os tipos sociais que povoam suas peças, bem como de saber construir um papel na medida exata dos atores e atrizes que tinha em mente. Ao mesmo tempo, o domínio da técnica dramatúrgica veio a lhe valer críticas pelo desfecho às vezes artificioso e sentimental de suas peças; com o sucesso internacional, granjeou igualmente a pecha de ser autor de um "teatro de exportação". Entretanto, como observa Szerb, o autor soube dar a volta por cima da própria destreza dramatúrgica em peças como *O guarda imperial* e *Farsa no castelo*, nas quais o virtuosismo confesso e a peça dentro da peça rompem com a ilusão teatral, em direção análoga à do teatro de Pirandello.[5]

Em 1916, Molnár embarcou em mais uma aventura, agora mais séria: fez-se correspondente de guerra por um ano, publicando seus relatos na imprensa húngara mas também num jornal "inimigo", o *New York Times*. Com o fim da guerra e a queda do império, deu mostras de simpatia pela breve república revolucionária de 1919, o que decerto não lhe tornou a vida fácil no decênio seguinte, quando a Hungria caiu sob o regime proto-fascista do almirante Horthy. O sucesso de público era o mesmo, mas os tempos eram cada vez mais sombrios. Em meados dos anos de 1930, Molnár partiu para o exílio, primeiro na França e depois nos Estados Unidos, onde

5. Szerb, op. cit., p. 379; sobre o "drama de exportação", cf. pp. 379-380.

viveria até a morte, em 1952, numa suíte do hotel Plaza de Nova York, sempre escrevendo para o teatro e amealhando sucessos, primeiro na Broadway e logo no cinema.[6]

O poste de vapor, de 1926, traz a marca dessa década sempre mais difícil e destoa da imagem ligeira e mais ou menos sentimental que associamos ao Molnár das peças e de *Os meninos da rua Paulo*. A matéria da novela, contudo, é essencialmente cômica, e se prestaria sem mais a um tratamento leve, de crônica jornalística: o simpático impostor que conduz a ação teria rendido uma das muitas e boas vinhetas que o autor publicava na imprensa húngara. Basta recordar a primeira caracterização do herói: "era um homem atarracado, bastante forte, e seu caráter era definido por dois maxilares salientes" que aliás o próprio capitão se esforça por realçar. Lembremos ainda que o narrador maduro desdobra-se no jovem jornalista daquele longínquo inverno na ilha Margarida. E é certo que, em seus momentos mais farsescos, os leitores acompanham o desenrolar das tribulações do "poste de vapor" como se estivessem num camarote, à maneira do narrador e da mulher do pseudo-capitão: "nós, a esposa e eu, seguimos o capitão do quarto da torre [...] com binóculos de teatro". Contudo, o sabor final é bem diferente. Mais que um mero caso, o capitão é um enigma para o narrador, uma imagem que "não dá trégua por muito tempo", "não nos deixa em paz".

---

6. Para dar apenas alguns exemplos: nas mãos da dupla Rogers e Hammerstein, *Liliom* tornou-se um famoso musical sob o título de *Carousel* (1944), dirigido por Henry King; *O cisne* foi filmado com Grace Kelly e Alec Guinness (*One Romantic Night*, 1956); Billy Wilder adaptou *Um, dois, três* para as telas (*One, Two, Three*, 1961), e Michael Curtiz fez o mesmo com *Olímpia* em seu *A Breath of Scandal* (1960), estrelando Sophia Loren. Finalmente, Tom Stoppard adaptou uma peça de Molnár em seu *Rough Crossing*, de 1985, ao passo que *O guarda imperial* foi levado ao rádio em 1947 por Arthur Miller.

Mas qual seria o segredo do capitão? Quando escreve, o narrador já sabe tudo sobre a impostura do velho conhecido. Não será, portanto, a verdadeira identidade do protagonista a constituir o problema, que talvez diga respeito em igual medida ao narrador, a sua geração sonhadora, ao tempo que passou. Em outras palavras, a história desse sujeito de origens passavelmente baixas, meio campônio e até simplório, que só sabe viver na fatiota fantasiosa de hussardo imperial, deve dizer algo sobre toda a época anterior à guerra e seu sonho de uma grande harmonia de ascensão burguesa, sonhos imperiais e ímpetos renovadores. Mas vale notar que essa visão, esse vislumbre do passado habsbúrgico em *O poste de vapor* não tem nada de sentimentalismo, como já se quis dizer. De um lado, pelo andamento cômico das peripécias. De outro, porque a impressão mais forte é a de um mundo que funciona a dois ou mais palmos acima do real, girando em falso como um carrossel brilhante, movido pelo erotismo elaborado e tortuoso do capitão.[7]

Não se trata, é claro, de um "outro" Molnár, radicalmente oposto ao dramaturgo de sucesso ou fazendo ato de contrição pela suposta leviandade de suas obras anteriores. *O poste de vapor* parece antes o fruto de uma lenta sedimentação de visões e experiências, que se acumulam no escritor sem direção definida: "o escritor não sabe quando aprende", como sabe agora o narrador. Isso até que o acaso, que dá as cartas no começo da história, venha intervir e forçar o autor à escrivaninha, numa reviravolta perfeitamente teatral em que o autor mundaníssimo do pré-

7. Se for de fato assim, digamos que este livrinho corre no mesmo veio de um predecessor como Gyula Krúdy e do Sándor Márai de *As brasas*, de 1942. De Krúdy, leia-se *O companheiro de viagem* (São Paulo: Cosac Naify, 2003); sobre Márai e a história húngara na primeira metade do século XX, vale consultar o ensaio de Imre Kertész, "Confissão sobre um burguês", in *A língua exilada* (São Paulo: Companhia das Letras, 2004).

guerra prepara o terreno para o narrador meditativo da novela, que agora encontra um *alter ego* no delegado enlouquecido que, dia após dia, escreve um grande romance sobre a sociedade numa mesma folha de papel. Com *O poste de vapor*, Molnár toma alguma distância do sucesso e se aproxima da grande literatura.

Samuel Titan Jr.

Imagem da capa: Brassaï, *Estátua do marechal Ney na neblina*, 1932,
Archives Brassaï

Coordenação editorial SAMUEL TITAN JR.
Capa e composição LUCIANA FACCHINI
Projeto de miolo JUSSARA FINO

Dados Internacionais de Catalogação na Publicação (CIP)
(Câmara Brasileira do Livro, SP, Brasil)

Molnár, Ferenc, (1878-1952)
O poste de vapor / Ferenc Molnár
Título original: A gözoszlop
Tradução: Paulo Schiller
São Paulo: Cosac Naify, 2005
88 p.

ISBN 85-7503-432-4
1. Romance húngaro I. Título
05-2538 CDD-894.511

Índices para catálogo sistemático:
1. Romances: Literatura húngara 894.511

COSAC NAIFY
Rua General Jardim, 770, 2.º andar
01223-010 São Paulo SP
Tel [55 11] 3218 1444
Fax [55 11] 3257 8164
www.cosacnaify.com.br

Atendimento ao professor [55 11] 3823 6595

Tipologia NuSwift e Interstate
Papel Pólen soft 80 g/m²
Impressão Geográfica
Tiragem 3.000